Du même auteur ou coauteur
chez Un monde différent

Maxime Bédard et Marc Fisher, *Le Pompier riche : comment faire 500 $, 1000 $, 5000 $ par semaine en plus de votre salaire !* Brossard, 2023, 208 pages.

Le Golfeur et le Millionnaire : un conte sur le succès en affaires et au golf, Brossard, 2021, 240 pages.

Le Premier Million : le conte le plus magique de la série du Millionnaire, *vendu à plus de deux millions d'exemplaires*, Brossard, 2021, 240 pages.

Le Millionnaire, Brossard, 2018, 160 pages.

Isabelle Naud et Marc Fisher, *As-tu la vie que tu souhaites vraiment ? De prof malheureuse à femme d'affaires heureuse*, Brossard, 2017, 176 pages.

Le Marchand de bonheur : Les 7 (ou plutôt 17) habitudes des gens heureux, Brossard, 2017, 224 pages.

Le Retour du Millionnaire et ses enseignements secrets, Brossard, 2016, 256 pages.

Luc Poirier et Marc Fisher, *Voir Grand : leçons d'affaires, de vie et de liberté*, Brossard, 2016, 240 pages.

Éliane Gamache Latourelle et Marc Fisher, *La Jeune Millionnaire en affaires*, Brossard, 2015, 240 pages.

Éliane Gamache Latourelle et Marc Fisher, *La Jeune Millionnaire et les secrets – parfois tristes – de son succès*, Brossard, 2014, 192 pages.

Le Prophète et la femme seule : conte initiatique, Brossard, 2015, 192 pages.

Le Petit Prince est revenu…, Brossard, 2013, 320 pages.

Lettre à un ami malheureux ou La Quête du bonheur, Brossard, 2011, 272 pages.

Croyez en vous même si on vous trouve fou ! suivi de *Le bonheur d'être moi*, Brossard, 2010, 160 pages.

L'Apprenti Millionnaire : le testament d'un homme riche à son fils manqué, Brossard, 2009, 192 pages.

Le Secret de la rose : le dernier message du Millionnaire, Brossard, 2008, 192 pages.

Le Plus Vieux Secret du monde : petit compagnon du Secret, Brossard, 2007, 176 pages.

Le Philosophe amoureux : l'amour, le mariage, et le sexe… au 21e siècle, Brossard, 2007, 192 pages.

Le Millionnaire paresseux, suivi de *L'art d'être toujours en vacances*, Brossard, 2006, 240 pages.

Les Principes spirituels de la richesse, suivi de *Le Levier d'or*, Brossard, 2005, 188 pages.

Le Testament du Millionnaire, sur l'art de réussir et d'être heureux, Brossard, 2002, 144 pages.

L'Ascension de l'âme : mon expérience de l'éveil spirituel, Brossard, 2001, 192 pages.

La vie est un rêve, roman autobiographique, Brossard, 2001, 208 pages.

Le Bonheur et autres mystères… suivi de *La Naissance du Millionnaire*, Brossard, 2000, 192 pages.

L'Ouverture du cœur : les principes spirituels de l'amour incluant : *le nouvel amour courtois*, Brossard, 2000, 192 pages.

LE POMPIER RICHE

Catalogage avant publication de Bibliothèque et Archives nationales du Québec et Bibliothèque et Archives Canada

Titre : Le pompier riche : comment faire 500 $, 1000 $ ou 5000 $ par semaine en plus de votre salaire ! / Maxime Bédard, Marc Fisher.
Noms : Bédard, Maxime, auteur. | Fisher, Marc, 1953- auteur.
Identifiants : Canadiana 20230073239 | ISBN 9782925337126
Vedettes-matière : RVM : Immeubles—Investissements.
Classification : LCC HD1382.5.B43 2023 | CDD 332.63/24—dc23

Adresse municipale :
Les éditions Un monde différent
3905, rue Isabelle, bureau 101
Brossard (Québec) Canada
J4Y 2R2
Tél. : 450 656-2660 ou 800 443-2582
Téléc. : 450 659-9328
Site Internet : www.umd.ca
www.facebook.com/EditionsUnMondeDifferent
Courriel : info@umd.ca

Adresse postale :
Les éditions Un monde différent
C.P. 51546
Greenfield Park (Québec)
J4V 3N8

Dépôts légaux : 4e trimestre 2023
Bibliothèque et Archives nationales du Québec
Bibliothèque et Archives Canada
Bibliothèque nationale de France

Direction artistique pour la couverture du livre :
MAJOLY DION

Photo de la couverture :
JOANIE FORTIN

Photo de Maxime Bédard pour le calendrier de pompiers :
JEAN-CLAUDE LUSSIER : lussierphoto@videotron.ca

Photocomposition et mise en pages :
ANDRÉA JOSEPH [pagexpress@icloud.com]

Typographie : Minion 12 sur 15 pts

ISBN 978-2-925337-12-6

Financé par le gouvernement du Canada | Canada

Gouvernement du Québec – Programme de crédit d'impôt pour l'édition de livres et l'aide à l'édition – Gestion SODEC.

IMPRIMÉ AU CANADA

Maxime Bédard
Marc Fisher

LE POMPIER RICHE

Comment faire 500 $, 1000 $ ou 5000 $ par semaine en plus de votre salaire !

UN MONDE DIFFÉRENT

Remerciements de Maxime

À mon père Clément, merci d'avoir toujours voulu faire de moi… la meilleure version de moi-même ! Merci surtout pour ce cadeau infiniment précieux : ton temps avec moi.

À ma mère Guylaine, qui m'a mis au monde : une bonne contribution dans ma carrière, non ? et m'a toujours épaulé : en plus, elle m'a appris à cuisiner – c'est plus utile qu'on ne pense surtout… pour quelqu'un qui, comme moi, aime croquer à belles dents dans la vie !

À ma belle-mère Vicky, qui a toujours agi avec moi comme si j'étais son propre fils : il y a là leçon utile surtout pour les familles re (dé) composées… comme la mienne, hélas !

À mon beau-père Robert, avec qui je peux toujours parler d'affaires – et qui prend si bien soin de ma mère.

À mon grand-père Georges, qui m'a fait découvrir la nature et mon amour pour les animaux : je le comprends mieux avec mon chien Cash-Flow, nom qui lui a été donné… tout à fait par hasard, bien évidemment !

À ma grand-mère Armande, qui est toujours aussi gentille et simple.

À Roderick Sansregret, « Le train », un homme sage qui est toujours prêt à aider son prochain.

P.-S. Tu n'es pas seulement un ami ou un partenaire d'affaires pour moi, mais aussi… le frère que je n'ai jamais eu !

À Gabriel Laflamme, « Le soldat », un rayon de soleil permanent, *rain or shine*, merci d'avoir accepté de me « mentorer » et d'avoir mis des bûches dans mon foyer.

À Sébastien, « L'Italien », pour nos conversations autour d'une bonne table – et d'un cigare de qualité !

À Denise, voyante, qui m'a fait voir mon vrai destin – et l'infinie vertu de la résilience.

À tous mes collègues pompiers, ces héros souvent méconnus du quotidien, même s'ils n'ont pas tous pu faire comme moi le célèbre calendrier – dont tous les profits sont versés à l'Association des Grands Brûlés : on va plus souvent au gym, les gars !

À tous les professionnels qui m'aident à concrétiser mes projets immobiliers.

À mon éditeur Michel Ferron, qui a cru en moi.

À mon coauteur Marc Fisher, pour sa collaboration.

Remerciements
de Marc

À Michel Ferron, mon éditeur et ami, pour sa confiance dans notre projet et son incroyable rapidité d'exécution : je te dois une partie sur le Vert ou le Bleu, à Laval, bien entendu.

À Jeff Ferron, qui part *back tee* quand on joue au golf ensemble : merci de tes conseils subtils et tes coups de départ prodigieux...

À Manon Martel, pour les fous rires, malgré les récentes épreuves dans ta vie...

À Lise Labbé, pour son œil de lynx et sa science de la révision, subtile et précise et rapide, comme d'habitude...

À Olivier Lasser, dit O. qui, d'un coup de lasso, capture l'essence fugace d'un livre et l'habille comme Prado... oups, je veux dire Prada. Le talent est là !

À Raymond Poli, dit Toulad, qui m'a montré de son index de pêcheur émérite quelques chiffres hérétiques, qui auraient fait que notre « chaloupe » aurait pu prendre l'eau.

À Danièle Couture, collègue de talent, qui a lu les premières versions de ce livre (il y en a eu 9) et m'a fait de précieuses suggestions...

À Monsieur Roger, vieux complice et homme à tout faire, à qui j'ai consacré un chapitre qui aurait pu s'appeler *Le monde selon Monsieur Roger*, best-seller assuré, ersatz sans prétention de *Le Monde selon Garp*.

À Majoly Dion, complice de toujours, pour son talent et sa générosité…

À Luc Bérichon, vieil ami et complice de tant de transactions.

À Bernard Casavant, ami, mentor, philanthrope, un immense merci pour sa contribution originale et puissante dans la fabrication de ce livre…

À Éliane Gamache Latourelle, vieille et jeune amie, dont les conseils et les encouragements sensibles et intelligents ont été une grande aide pour polir ce livre : elle est un diamant, normal !

À Victoria Chasteau, pour son inspirant exemple d'indépendance financière avant 30 ans, grâce à l'immobilier et à son entreprise Victoria 1001 Services.

À Mélanie Chouinard, pour avoir « antidoté » à la vitesse de la lumière ce manuscrit…

À Anabela Monteiro.

P.-S. Et bien sûr à mon coauteur Maxime Bédard, dont le talent, les exigences (et les intransigeances semblables aux miennes) ont fait que ce livre est devenu ce qu'il est devenu : un petit traité de grande liberté financière !

Sommaire

1

Comment est née l'idée de ce livre

Au bout du fil, Maxime Bédard, pompier de son état, et alors un parfait inconnu pour moi, m'explique qu'il a lu avec délices *Le Millionnaire paresseux* de même que *Le Golfeur et le Millionnaire* et qu'il veut m'inviter à luncher.

Malgré ses éloges, je refuse.

Pourtant, je le surprends aussitôt en lui disant que... c'est moi qui l'invite, à mon club de golf – Laval-sur-le-Lac, pour ne pas le nommer !

Ma gentillesse étonnante avait une double explication : 1. j'avais tout de suite aimé son audace, et 2. ayant beaucoup voyagé et écrit cet été-là, j'avais peu joué, en conséquence de quoi, je n'avais pas encore épuisé mon *bar bill* ! Qui est, *excuse my French,* la somme minimale qu'on doit obligatoirement dépenser chaque saison à mon club de golf, sinon on vous la facture, *anyway* !

Sur la terrasse du club où nous lunchons, avec vue imprenable sur le vert du 18e trou, Maxime me parle rapidement – et avec enthousiasme – de son projet de livre.

Qui est de faire preuve d'un savant mélange de prudence et d'audace en affaires, donc de se lancer en ménageant ses arrières.

Et il m'avoue que la lecture de *Père riche, Père pauvre*, de Robert Kiyosaki, que j'ai adoré, l'a ébranlé.

J'ai l'habitude de me faire rapidement une tête au sujet des gens et de leurs projets. Après 15 minutes à peine, je lui avoue :

« Ça m'allume ! »

Et je me rends compte, ce disant, que ce n'est peut-être pas la meilleure chose à dire à un pompier, dont le métier, justement, est... d'éteindre ce qui est allumé !

Nous nous entendons sur-le-champ pour une collaboration, un titre de travail, *Le Pompier riche*, et même un sous-titre : *comment faire 500 $, 1000 $ ou 5000 $ par semaine... en plus de votre salaire* !

Ce qui est l'histoire de sa vie, car il est pompier, je l'ai dit, et indépendant de fortune, grâce à son enrichissement de plus de 5000 $ par semaine, à seulement 34 ans !

Exploit peu banal, non ?

Et n'est-ce pas ce dont tout le monde rêve – cette liberté qui permet de tout faire ce qu'on veut à un si jeune âge ?

Comme ce livre est écrit à quatre mains, au début des chapitres de la plume de Maxime, apparaîtra le symbole :

Ce symbole annoncera ceux commis par moi :

Et bien entendu quand vous verrez les deux symboles, les chapitres auront été écrits ensemble. J'ajouterais que parfois, dans le... feu de l'action (autre expression malheureuse aux oreilles d'un pompier !) on ne saura plus trop qui a dit quoi, surtout que, de toute manière, on était parfaitement d'accord.

Je crois sincèrement que vous devriez lire et aussi faire lire ce petit traité à tous ceux que vous aimez : vos amis, vos adolescents, votre partenaire de vie, vos futurs associés...

Pourquoi ?

Entre autres raisons parce qu'on croit trop facilement, nourri par des ouvrages exagérément optimistes, que tout est possible en affaires : si tout est possible, il est aussi possible... d'échouer !

Je ne veux pas décourager l'audace, ni le rêve ni l'ambition : j'ai déjà écrit assez d'ouvrages qui les exaltent, en font la promotion.

Mais, avançant en âge, ayant été témoin de bien des échecs, de faillites et de désillusions professionnelles, j'ai cru bon d'assortir mes conseils de prudence, de vérifications de votre « idée de génie » pour multiplier vos chances de faire partie du 10 % de ceux qui réussissent.

Grâce aux simples et souvent surprenants principes de ce livre, vous pourrez vous lancer, mais sans risquer des cheveux blancs, un ulcère, la faillite ou le divorce.

Ce petit traité aux grands effets est donc, si j'ose dire, le manuel du rêve raisonnable, l'autoroute (avec garde-fou) vers la liberté !

L'aventure – financière – vous tente ?

P.-S. Petite note en passant : si l'objectif de gagner 500 $, 1000 $ ou 5000 $ par semaine en plus de votre salaire vous paraît fou, pensez que tout est relatif, en affaires comme dans la Vie.

Il y a nombre de gens qui gagnent 30 000 $ par semaine (ça donne 1 560 000 $ par année) et même... 30 000 $ par jour (ça donne 10 950 000 $ par année). Il y en a même (les ultra-riches) qui gagnent 30 000 $ de l'heure, ce qui donne

262 080 000 $ par année, ce qui est la réalité banale de bien des milliardaires et souvent pour eux une... « mauvaise » année : tout est relatif, une fois de plus.

Alors pourquoi pas VOUS ?

P.-P-.S. Il est utile d'ajouter que les gens fortunés ne sont pas nécessairement nés de parents plus riches ou plus diplômés que les vôtres et qu'ils ne sont pas nécessairement allés à l'école plus longtemps que vous !

Souvent, ils y sont allés beaucoup moins longtemps !

Peut-être même sont-ils moins intelligents que VOUS !

Mais ils sont très certainement dotés de ce qu'il est convenu d'appeler l'intelligence financière (que vous découvrirez dans ce traité) – ou du sens des affaires.

Alors, et même si je me répète : POURQUOI PAS VOUS ?

MARC FISHER

2

Moi, Maxime Bédard, 34 ans, pompier de mon état

Mon métier de pompier m'a préparé de manière parfaite et inattendue à celui (que je préfère) d'investisseur immobilier. (J'en avais eu l'idée – et la tentation – en lisant *Père Riche, Père pauvre.* Que soit dit en passant j'ai lu ou pour mieux dire relu 5 fois et offert en cadeau à plus de 50 amis ou associés.)

Oui, mon métier de pompier me préparait sans que le sache à celui des affaires. Car être pompier, du moins de nos jours, ce n'est pas seulement éteindre ou tenter d'éteindre des feux.

C'est beaucoup plus – et souvent beaucoup plus éprouvant !

Été 2022, il est 15 h 42.

À la caserne où je sévis, on reçoit un appel « premier répondant » pour une femme avec de sévères difficultés respiratoires. Je suis PR1 (premier répondant, dans notre jargon), il y a aussi un PR2, mais le PR1 est en charge évidemment.

On arrive à toute vitesse sur les lieux : chaque minute, chaque seconde compte, quand c'est une question de vie ou de mort. Je note immédiatement que l'établissement est une résidence pour personnes atteintes de problèmes psychiatriques. Nous entrons d'un pas militaire, ou plutôt de… pompier.

J'aperçois illico une jeune femme à la peau blanche comme un drap, avec des lèvres qui tournent au bleu. De toute évidence, elle est en détresse respiratoire. Je m'agenouille près d'elle, prends son pouls : son cœur bat la chamade à 165 pulsations minute. Mon PR2 me prépare l'oxygène.

La jeune femme qui, je l'apprendrai après, a 30 ans, mais en paraît à peine 20, me regarde droit dans les yeux (je remarque qu'ils sont verts), attrape mon bras gauche, et tente de parler.

Mais elle en est incapable.

Pourtant, vu mon expérience de pompier, je lis son message, qui est comme une bouteille qu'on lance désespérément à la mer : « Aidez-moi ! Je vous en supplie. Faites quelque chose, sinon je vais mourir ! »

Puis elle s'écroule.

D'un geste précis et rapide, je protège sa tête d'un choc sur le plancher, qui aurait pu lui causer une commotion fatale. Je reprends son pouls : son cœur qui, quelques secondes avant, pompait à toute vitesse son sang dans ses veines, ne bat plus.

Je demande à mon PR2 de préparer le défibrillateur. Pendant ce temps, je découpe, avec des ciseaux qui font partie de notre trousse de secours, le chandail et le soutien-gorge de la jeune femme pour apposer les électrodes. Je commence sans attendre le massage cardiaque.

Ensuite, suivant le protocole, ayant vérifié si rien dans sa bouche n'obstruait ses voies respiratoires, j'applique le ballon masque sur sa bouche. Dans ma tête, je me répète, comme un mantra, une prière au Ciel : « Vas-y, Max ! N'arrête pas ! Tu vas la sauver comme les sept autres personnes en détresse que tu as déjà sauvées ! »

Malgré tous mes efforts, tout mon acharnement, c'est un échec. Les ambulanciers arrivent, et... « reprennent le dossier en main », si j'ose dire.

Une jeune femme de 30 ans a perdu la vie dans mes bras.

Elle en avait assez de souffrir, elle avait eu envie de mourir, avait avalé tous les médicaments qu'elle avait pu voler dans la pharmacie de l'établissement où son mal de vivre l'avait condamnée à vivre. Et pourtant, à la dernière minute, elle... avait changé d'idée : elle avait eu envie de vivre. De croire que quelqu'un pouvait l'aimer, que par conséquent sa vie avait un sens. Je n'ai pas réussi à la sauver, malgré mon expérience des 10 dernières années.

On sait tous qu'on va mourir un jour : c'est la vie, comme on dit, un peu paradoxalement.

Mais quand on voit quelqu'un mourir dans nos bras, surtout une femme si jeune et si belle, même si c'est une parfaite étrangère, ça ébranle.

On ne s'habitue pas à la mort.

Et puis on a quand même un sentiment d'échec, même si on a fait tout ce qu'on pouvait pour tirer la personne d'un danger et qu'aucun autre pompier n'aurait fait mieux.

On dit souvent : « L'espoir nous fait vivre. »

Pourtant, dans notre métier, au contraire, bien souvent, il nous tue : on espérait de tout cœur sauver une personne, on n'y parvient pas.

Un après-midi, à mes débuts, j'ai eu mon premier cas de pendu.

De manière à ce que tout le monde connaisse son désespoir, sa colère contre la vie, cet individu s'est pendu non pas dans son placard ou sa chambre à coucher, mais sur son balcon qui donnait sur la cour de son immeuble.

Quand nous arrivons, je le vois qui... pend dans le vide, du haut du 4e étage, à la vue de tout le monde, des enfants qui jouent, des adultes qui les surveillent, mais là ne les surveillent plus : ils regardent le pendu, cachent les yeux des enfants, les font rentrer à la maison.

Le pendu a laissé une lettre à la femme qu'il aimait.

Je l'ai su par un ambulancier qui avait pu parler à la famille. Ce drame sentimental ressemblait à celui de Ugolin dans *Manon des Sources*, chef-d'œuvre de Pagnol. Moi, je ne connaissais pas. Quand j'en ai parlé à Marc Fisher, il m'a texté des extraits de la lettre qu'Ugolin a écrite avant de se pendre pour les mêmes raisons, parce que Manon ne l'aimait pas. La lettre, je vous en préviens, est écrite avec l'orthographe d'un paysan qui n'est jamais allé à l'école et n'en est que plus touchant : "set à cause de mon amour, et j'ai compris qu'elle me voudra jamais. [...] Et puis quand je lui ai dit devant tout le monde que je veux me la mariée, tout lui donner, exetéra, elle ma craché dessus en parole, en plus elle s'est réfugiée vers l'instituteur. [...] Jai envie de le tuer O oui, mes elle, sa lui ferait peine..." Papé (c'est son vieil oncle, détenteur de la fortune des Soubeyran), je men vais parce que j'en peux plus. [...] Sa me fait pêne de te quitté, mes resté, je peux pas. »

Je dresse une échelle portative au balcon pour aller décrocher le pendu. De peine et de misère, à bout de bras, j'y parviens, et je le redescends non sans effort : il doit bien peser 115 kilos.

Au bas de l'échelle, je sens un gros souffle. Réjoui, je m'exclame, triomphant : « Il est encore en vie ! »

Je ne tarde pas à constater ma méprise, attribuable à la naïveté de mon inexpérience. Mon capitaine de l'époque m'a expliqué que presque tous les pendus font ça. Ils poussent un dernier souffle dans vos bras, même s'ils sont déjà bel et bien morts.

Parfois l'issue est plus heureuse.

C'est un mardi. Il est 22 h 18.

Je travaille sur le même quart de travail que celui qui deviendra mon futur partenaire d'affaires et cofondateur de Wings. Nous recevons un appel pour un quinquagénaire en arrêt respiratoire. Arrivé sur les lieux, je vois le « mort » ou en tout cas la personne qui ne respire plus. Sa femme, hystérique, pousse les hauts cris : ses enfants aussi.

Cette fois, mes manœuvres ne sont pas inutiles. Les ambulanciers arrivent sur les lieux. L'un d'eux s'empare d'une drille médicale et commence à percer la cheville du « mort » pour pouvoir lui injecter de l'adrénaline.

Quelques secondes plus tard, l'homme ouvre les yeux et recommence à respirer. Avec difficulté.

Mais… il respire !

On lui a sauvé la vie !

Alors que le « ressuscité » quitte en ambulance pour l'hôpital, sa femme, qui n'a pas pu l'accompagner, me prend dans ses bras et, les larmes aux yeux, me remercie d'avoir sauvé l'homme de sa vie. Ses enfants rient et pleurent. De joie. Moi aussi.

Dans mon métier, on sait quand la journée débute, mais… on ne sait pas quand elle finit – ni de quel drame elle sera remplie.

En une fraction de seconde, tout peut arriver.

Et, la plupart du temps, ce ne sont pas des feux.

Ce sont des accidents de la route, des noyades, des suicides, des meurtres.

Pourquoi en sommes-nous témoins ?

Parce que c'est nous, les pompiers, qui sommes les premiers répondants, qui donc arrivons sur les lieux avant les policiers et même les ambulanciers.

Sans compter les accidents de travail, la chute en bas d'un toit, l'électrocution involontaire parce qu'un homme émondait témérairement un arbre trop près d'un poteau électrique.

Il y a des cas horribles, où l'on découvre bien malgré soi les drames dans la vie de gens dont on croyait la vie... sans histoire !

Ainsi, un collègue m'a un jour rapporté avoir fait une macabre et troublante découverte : une mère s'était pendue avec, au cou, attachées à son collier, les photos de ses trois enfants !

Je ne suis pas une personne très émotive, mais là, je n'ai pas pu retenir mes larmes.

J'ai pensé spontanément à ma mère, séparée de mon père alors que je n'avais pas encore deux ans. Je suis enfant unique : elle aurait eu une seule photo à son collier.

Autre cas : un octogénaire.

Qui avait suscité la curiosité inquiète de ses voisins de palier qui ne savaient pas qu'il était devenu veuf... depuis une semaine.

Et reniflaient une odeur suspecte.

J'ai dû expliquer au vieil homme effondré qu'il ne pouvait plus garder dans son lit le corps de la femme à laquelle il avait été marié pendant 66 ans et qu'il avait aimée follement.

Ensuite, il m'a fallu le convaincre que sa femme était « vraiment » morte, qu'il n'y avait plus rien à faire pour elle, qu'il fallait laisser les employés de la morgue faire leur travail, soit emporter le cadavre du grand, du seul amour de sa vie, dans un vulgaire sac de plastique noir !

Quand ce sont des enfants qui meurent dans nos bras, ou qu'on trouve morts à notre arrivée, c'est encore pire : c'est en fait la chose la plus dure dans notre métier.

Surtout si on a soi-même des enfants...

Et même si on n'en a pas, on a quand même une mère, et quand une mère perd son enfant, c'est le monde à l'envers.

Les parents devraient toujours partir avant les enfants.

Mais le dieu du feu est cruel et sans pitié : il en décide souvent autrement.

Ou alors c'est celui de l'eau, tout aussi cruel, quand les enfants meurent par noyade dans un lac ou dans la piscine familiale parce qu'une clôture avait été mal fermée ou qu'un parent sévèrement atteint de la FOMO (*Fear of missing out*, donc peur de rater quelque chose) était trop occupé sur son cellulaire ou sur Facebook à compter ses *likes* : il vient de perdre l'être qu'il *likait* le plus dans la vie, quelle triste ironie !

Mais jc suis pompier.

Et je dois évidemment vous parler d'une des expériences parmi les centaines d'expériences que j'ai vécues où j'ai éteint... un feu.

2 h du matin.

Une chaude, trop chaude nuit d'été.

Qui, de surcroît, fait suite à une journée extrêmement occupée.

On a dû faire 14 interventions.

Ce n'est pas une figure de style, mais un chiffre exact.

Oui, 14 interventions !

La plus exigeante nous a demandé 4 heures pour combattre un incendie.

Une autre de premier répondant avec code 9 éco = arrêt respiratoire.

Nous avons fait le massage cardiaque.

Avec succès.

Une autre intervention avec de terribles conséquences possibles : une conduite de gaz brisée par une pelle mécanique.

Après cette journée rocambolesque, je somnole dans mon lit à la caserne. Je suis exténué. Soudain la cloche sonne pour tous les véhicules de la caserne, le camion autopompe nommé le 200, le camion échelle nommé le 400, ainsi que le camion nommé le 500 qui sert aussi au sauvetage nautique et sauvetage sur glace.

Nous recevons l'information de la centrale d'alarme qu'il y a un 10-07 = (intervention nécessaire) dans un bâtiment en feu ! Encore ! Plusieurs appels de cellulaire de personnes sur place ! C'est confirmé, c'est reparti pour plusieurs heures.

Mon cœur bat la chamade même si je suis habitué depuis 10 ans d'entrer dans des bâtiments en feu.

Au risque de ma vie.

C'est toujours le même *rush* d'adrénaline comme avant de sauter en parachute à 3000 mètres d'altitude.

Avant d'arriver sur les lieux, je vois déjà la fumée au loin : c'est vraiment un gros feu !

Et il y a peut-être de (futures) victimes prises dedans, en train d'étouffer, de brûler, de mourir : des papas, des mamans, des enfants, des grands-parents !

Sur place, je me rends compte que mon intuition est juste : j'aperçois les flammes qui illuminent cette nuit d'été.

C'est un bâtiment de quatre étages et presque tous les appartements brûlent !

Notre première tâche – avant d'éteindre le feu – est d'entrer dans le bâtiment pour s'assurer que personne ne s'y trouve encore. Je me prépare rapidement à travers les cris des « spectateurs » et la fumée dans la rue. Je mets mon masque pour brancher mon appareil respiratoire et je prends une gaffe râteau (mon outil favori pour faire de l'exploration dans les murs), qui consiste essentiellement à l'enlèvement du placoplâtre (ou gypse, si vous préférez) pour voir la propagation du feu.

Alors que je m'apprête à entrer dans le bâtiment, un « spectateur » m'agrippe par le bras.

C'est un homme d'une quarantaine d'années aux cheveux noirs, et qui est plutôt mal vêtu : même, on dirait un mendiant. Il me regarde droit dans les yeux et me dit, pour ne pas dire me hurle que son bébé est resté dans son appartement. Interloqué, je vérifie : « Votre bébé ? »

Et l'homme en panique précise :

« Oui, mon bébé, mon chien. »

Du coup, j'ai un mouvement irrésistible de soulagement.

Mais dans la même foulée, l'homme précise, les larmes aux yeux – et je ne les crois pas dues à la fumée :

« Il est au quatrième étage, appartement 18, il ne me reste que lui. »

Il ne me reste que lui…

À nouveau, mon métier de pompier me fait entrer sans que je sois invité dans la vie souvent triste et désespérée des gens. Je pense à mon chien Cash-Flow, que j'adore.

Si un pompier pouvait le tirer d'un danger dans semblable situation, je lui dirais la même chose. Pour cet homme, ce pompier, c'est moi. Je n'ai pas le choix.

Je fonce, défonce la porte de l'appartement 18, déjà empli de fumée, si bien que je ne vois presque plus rien. Mais alors, j'aperçois un chien de grande taille, qui doit bien faire près de 30 kilos, et est couché, complètement immobile, sur le sol. Malgré son poids, je le prends dans mes bras et je le ramène à l'extérieur du bâtiment. Dès que son propriétaire m'aperçoit avec son « bébé » dans les bras, il se met à crier et pleurer de joie. Mais il se réjouit trop vite. Son chien est de toute évidence en arrêt cardiaque. Un de mes collègues, témoin de la scène, court chercher la trousse pour les animaux. Oxygéné, à peine une minute plus tard, le chien ouvre un œil, il est vivant. Et je pense à mon chien Cash-Flow, qu'un autre pompier aurait sauvé. Et je suis content de faire ce métier.

Mon nom est Maxime Bédard, pompier de mon état.

Pourtant, ayant lu *Père riche, Père pauvre* (et bien sûr les best-sellers de Marc Fisher), j'ai été ébranlé et j'ai décidé de changer ma vie.

Financière.

Et donc, même si la plupart des gens ne veulent pas l'admettre, le reste de ma vie.

Vous voulez en savoir un peu plus sur moi – et sur la manière dont j'ai atteint l'indépendance financière à 33 ans ?

3

Mon autoportrait rapide... même s'il n'y a pas le feu!

Enfant unique, je suis né le dimanche 4 décembre 1988 à 20 h 58, à Granby.

Mon père était électricien, ma mère secrétaire.

Pour la petite histoire, mes parents se sont séparés avant mon deuxième anniversaire.

C'est évidemment ma mère qui m'a résumé ces tristes événements.

Comme il arrive souvent, même dans les « meilleures » familles, il y a eu la guerre de Sécession, je veux dire de séparation.

Mon père voulait obtenir ma garde, ma mère aussi.

C'est elle qui a eu gain de cause.

Triste, mais beau joueur dans la défaite, mon père a accepté de payer une pension alimentaire.

Mes parents, comme tant de couples qui se séparent, ont dû vendre leur maison : ni l'un ni l'autre n'avait les sous pour en assurer seul la trop lourde charge.

À l'école, ma tristesse d'enfant de famille séparée a été accentuée par une cruauté statistique inhabituelle à notre époque : presque tous mes amis vivaient dans des familles unies, et non pas recomposées (on devrait dire re [dé] composées !) comme la mienne !

Tu te dis : *Pourquoi moi ?*

Oui, pourquoi moi et pas les autres ?

Pourquoi cette malchance s'est-elle abattue sur moi ?

Quel crime ai-je commis ?

Pourquoi ai-je vu le jour dans une famille désunie ?

Malgré son premier échec en Cour, mon père n'avait pas jeté la serviette ou alors seulement provisoirement.

Quand je pense à cet acharnement, ça me touche : ce que mon père voulait plus que tout au monde, c'était moi, son fils, son seul enfant.

Pour me « récupérer », il a prétendu qu'il s'était ruiné en frais d'avocat.

Il est même allé, pour influencer la Cour, jusqu'à prétendre qu'il devait fouiller dans les poubelles pour se nourrir.

Finalement, il a obtenu une garde partagée, qui a duré quelques années. Ce qui est sans doute une consolation pour les parents.

Pourtant, pour moi, ce n'était pas évident. Je ne pouvais jamais dire, comme un enfant de parents qui n'avaient pas divorcé : « Je rentre chez moi. » Je devais me contenter de dire, tristement : « Je rentre chez mon père, je rentre chez ma mère. »

Je vivais en somme dans des valises, sans domicile fixe. Ou... avec deux domiciles fixes.

Ce qui revenait à dire, du moins dans mon cœur d'enfant, que je n'avais pas de domicile fixe.

À sept ans, je suis allé vivre à temps plein avec mon père. Je ne connais pas tous les détails de cette « transaction » familiale. On ne m'avait pas consulté : une autre histoire qui ne regardait que les grandes personnes !

Je me suis adapté même s'il m'a fallu du temps.

J'aimais ma mère. Même, je l'adorais. Il faut dire qu'elle était bonne cuisinière. Mon père, lui, n'était pas exactement ce qu'on peut appeler un cordon-bleu.

En tout cas, assurément, il prenait des libertés avec les plats traditionnels, comme le pâté chinois dans lequel il n'hésitait pas à mettre, au lieu du blé d'Inde, des petits pois !

Drame mineur, je sais.

Car... – et c'est sans doute le plus important – il a toujours été là pour moi, dans les bons comme dans les mauvais moments. Il m'a toujours encouragé dans tout ce que j'entreprenais. Il voulait que je devienne la meilleure version de moi-même, me poussait à me surpasser au hockey et au baseball où j'étais capitaine et lanceur.

Mon père n'avait pas un sens des affaires très aiguisé.

Il n'a jamais su comment gérer son argent, même s'il en faisait énormément.

Il n'avait pas, comme moi, lu *Père riche, Père pauvre*.

Je ne peux le lui reprocher : ce classique de l'indépendance financière n'était pas encore paru !

En conséquence de quoi, mon père dépensait tout ce qu'il gagnait – et souvent plus.

Comme bien des gens pourtant fort travaillants et intelligents... mais pas financièrement !

Mon père n'avait pas cette science, cette prudence.

En conséquence de quoi, il n'a jamais su se créer une source de revenus passifs, pour faire de l'argent en dormant comme un pompier riche, si bien qu'aujourd'hui, il... ne nage pas dans l'argent.

Il faut dire qu'il a connu un sérieux revers de fortune.

Voici comment ça s'est passé :

Pendant des années, il avait été locataire, se contentant parfois de vivre dans des demi-sous-sols.

Pourtant, quand il a rencontré celle qui allait devenir ma belle-mère, il s'est acheté une maison, avec piscine creusée.

Chose très importante pour lui, car c'était un symbole de réussite.

Il a glorieusement démarré son entreprise en robotique électronique.

Ses plus gros clients étaient en aérospatiale.

Il roulait littéralement sur l'or, gagnait 180 000 $ par année : à la fin des années 90, ce n'était pas un petit salaire, loin de là !

C'était plus que le salaire moyen d'un médecin de famille !

Mais en 2001, le 11 septembre, pour être plus précis, il y a eu, comme chacun sait, l'attentat du World Trade Center, où plus de 3000 New-Yorkais ont perdu la vie comme des dizaines de mes lointains collègues pompiers qui ont tenté de les sauver. Les conséquences sur l'industrie de mon père et son business ont été catastrophiques : il a dû fermer boutique.

C'est dur, vraiment dur pour un fils, de voir son père, son héros, perdre tout ce qu'il a.

De voir son père qui, pendant des années, avait été si jovial, si sociable, si victorieux, devenir du jour au lendemain l'ombre de lui-même, un fantôme de son personnage glorieux. Il s'éteignait à petit feu, chose grave même pour un pompier habitué à... éteindre de grands feux!

Et sa honte de l'échec, son humiliation ont atteint un sommet lorsqu'il a été obligé de vendre sa maison, qu'il adorait, et où il avait donné tant de réceptions brillantes, autour de sa piscine creusée, symbole de sa réussite (?) financière.

Il a dû retourner vivre en appartement.

Il se sentait vraiment comme un perdant.

Maintenant, il enseigne à Hydro-Québec, forme les débutants sur les chantiers! Un job important, d'une manière.

N'empêche, je sais qu'il ne vivait plus son rêve.

P.-S. À un moment, alors que mes affaires étaient déjà prospères, j'ai proposé à mon père de démarrer une entreprise avec lui. Je mettrais tout l'argent, et, par conséquent, il ne risquait rien. Mais il a refusé: chat échaudé craint l'eau froide! Il oubliait, je crois, que la biographie de nombre de millionnaires et même de milliardaires montre qu'ils ont parfois connu de grands échecs financiers avant de réussir et, même, ont fait faillite – et parfois plus d'une fois. Mon père oubliait sans doute une des grandes leçons de *Réfléchissez et devenez riche* de Napoleon Hill: le succès, la fortune, arrive souvent après un échec spectaculaire. Ou dit autrement, dans bien des échecs se trouve le germe d'un bénéfice plus grand. Encore faut-il être assez positif pour se relever et foncer et tenter sa chance à nouveau, et assez intelligent pour ne pas refaire deux fois la même erreur, qui alors sera peut-être la dernière.

4

Le choix de mon métier de pompier

Le goût d'être pompier m'est venu par la bande, si j'ose dire.

Au début, mon idée était de devenir policier.

Je m'étais inscrit en techniques policières au cégep.

Pourtant, je ne sais pas trop pourquoi, ça ne cliquait pas avec mes confrères. Il n'y avait pas de *fit*, de *match*, si vous me passez ces anglicismes.

Au gym où j'avais commencé à m'entraîner, il y avait par contre des pompiers ou des types qui étudiaient pour le devenir. Certains, je crois, s'astreignaient à cette discipline pour figurer dans le fameux calendrier annuel, ce que j'ai réussi à faire.

J'ai fait le fameux calendrier : voici comment ça s'est passé. D'abord il faut envoyer deux photos. Les plus avantageuses possibles, bien évidemment. Si vous êtes choisi parmi les 1001 candidats, on vous désigne une date et un endroit où un photographe de New York viendra immortaliser votre *body*, qui illustrera une des 12 pages du calendrier des pompiers. Mais attention ! Ce n'est pas juste une histoire de vanité : tous les profits tirés de la vente dudit calendrier sont versés à l'Association des Grands Brûlés.

Un des pompiers avec qui je bavarde, entre deux efforts sur le *bench press,* me demande :

« Pourquoi tu ne deviendrais pas pompier ? »

Je ne me l'étais jamais demandé. Qui se demande s'il va devenir un jour pompier – sauf si son père l'était avant lui ?

Pour en avoir le cœur net, ou pour tenter le destin, je suis allé visiter une caserne, rue Saint-Charles, à Longueuil.

Un pompier – appelons-le Gaston, d'ailleurs c'est son prénom ! – m'accueille et me traite comme si nous étions des amis de longue date. Il me fait visiter la caserne, on bavarde, il est hyper cool, me parle du métier de pompier, de ses grandeurs, de ses misères.

Séance tenante, j'ai pris ma décision : j'allais devenir pompier !

Je ne l'ai pas regretté.

J'aime la vie de pompier, la camaraderie de la caserne, l'adrénaline qui coule dans nos veines dès que nous avons un appel.

Et aussi bien entendu le sentiment extraordinaire et difficile à décrire de sauver une vie – et parfois plusieurs vies dans un seul événement. Même si souvent ce n'est pas le cas, comme on a vu précédemment.

Pourtant à un moment donné, après quelques années à peine, j'ai senti que je ne finirais pas ma vie dans ce métier. Je n'étais pas le seul pompier à voir son grand amour du métier être transformé. Le gouvernement, sans nous consulter, avait promulgué, en 2014, la loi 15 qui modifiait de manière unilatérale nos conditions. Et pas pour le mieux. Jugez-en par vous-même !

Avant la loi 15 :

1. J'aurais pu prendre ma retraite à 47 ans (après 25 ans de service sans pénalité). Ma retraite est reportée à 52 ans avec pénalité.

2. La cotisation au fonds de pension est passée d'environ 75 % par la ville (et 25 % des pompiers) à 50 % pour l'un et l'autre. Sympa, comme changement, non ? Ce qui fait bien entendu que, chaque semaine, notre chèque de paye a diminué de façon vraiment significative pour contribuer davantage à notre fonds de pension.

Moi, ça m'a porté un coup.

Et ça m'a fait réfléchir.

Je me suis rendu compte que mon salaire, que mes finances dépendaient du bon vouloir, du caprice, des décisions unilatérales d'une municipalité, d'un gouvernement, d'une entreprise qui peut changer les règles – ou me congédier.

Pas un très bon feeling !

Cet incident n'a fait qu'exalter en moi mon désir d'indépendance financière : j'avais lu *Père riche, Père pauvre.*

Et je comprenais que, travailler comme pompier, même en faisant des heures supplémentaires payées temps et demi, et même temps double, ne me rendrait jamais riche !

Pompier, même zélé, je vendais seulement mon temps : je n'amassais pas d'actifs qui donnent des revenus passifs.

Si je continuais à faire la même chose, je ne deviendrais jamais assez riche pour pouvoir faire rapidement, avant d'avoir 60 ans, avant d'avoir 50 ans, avant d'avoir 40 ans, ce que je voulais faire, qui était d'avoir mon autonomie financière et d'être enfin libre de mon temps.

Libre de faire chaque jour, chaque heure, chaque minute de ma vie ce que je voulais faire. Et, comme pompier, j'avais constaté que la vie est souvent plus courte qu'on pense : on meurt à 30 ans, on meurt à 18 ans, et parfois à 6 ans, et même à 3 mois dans un incendie, dans un accident d'auto.

Je ne savais pas encore comment faire 500 $, 1000 $ ou 5000 $ par semaine… en plus de mon salaire.

Et je savais encore moins comment faire un an, deux ans, et même cinq ans de salaire ou 500 000 $ en une seule et brillante transaction, qui me prendrait juste une heure ou une semaine de mon temps !

Dans *Thomas l'imposteur*, Jean Cocteau écrit : « Tout homme porte sur l'épaule gauche un singe et, sur l'épaule droite, un perroquet. »

Sans doute ne pensait-il pas à l'intelligence financière.

Pourtant sa boutade s'y applique parfaitement.

À l'école, en société, dans nos familles souvent re (dé) composées, comme j'ai déjà plaisanté tristement, on nous apprend à faire ce que les autres font, à nous « conformer » aux diktats de la société : on fait de nous un… singe.

De même qu'on fait trop souvent de nous un perroquet en nous apprenant à répéter ce qu'on nous a dit de dire ou de penser. Et c'est pour cette raison que la plupart des gens ne tirent jamais leur épingle du jeu et… tirent toute leur vie le diable par la queue !

Mais délaissons, si vous le voulez bien, les singes et les perroquets : revenons à nos moutons !

Une rencontre inattendue allait faire basculer le cours de mon destin… et faire de moi le pompier riche que je suis devenu !

Comme peut-être ce livre pour vous.

Ce livre que vous avez peut-être trouvé sur un banc de parc ou la banquette d'un train qui vous emmenait quelque part – mais vous ne saviez même pas où encore !

Ce livre qu'un ami vous a donné, et que vous n'aviez pas envie de lire, mais vous l'avez ouvert par hasard et vous êtes tombé sur un passage qui vous parlait, qui vous disait ce que vous aviez besoin d'entendre à ce moment de votre vie...

5

Une mystérieuse voyante me prédit mon avenir

Un nouvel ami, que le hasard avait aimablement mis sur mon chemin, par... hasard, me dit : « Il faut que tu rencontres Denise, elle est voyante.

— Je suis déjà en couple, en tout cas j'aime le croire. Et, pour tout te dire, j'ai toujours préféré les femmes discrètes. Alors, moi, les femmes voyantes...

— Non, je veux dire : voyante, dans le sens de diseuse de bonne aventure. Elle pourrait te faire un *reading*.

— Un quoi ?

— Un *reading*, elle lit dans l'avenir comme dans un livre ouvert. »

Ah ! ça, l'avenir, en tout cas le mien, ça m'intéressait !

Parce que pompier, je sentais que ce n'était pas un métier d'avenir pour moi…

Donc j'ai dit oui pour la rencontre.

Rendez-vous a aussitôt été pris.

Septuagénaire aux yeux perçants et bleus, la voyante Denise m'a raconté succinctement l'histoire peu banale de sa vie, vraiment épouvantable.

Diagnostiquée à 27 ans d'un premier cancer « terminal » qui ne lui laissait plus que six mois à vivre, elle a survécu.

Comme elle a survécu, dans la quarantaine, à un autre cancer tout aussi… « terminal » !

Pourtant ces épreuves de la vie ne l'ont pas rendue amère, bien au contraire.

Généreuse, elle fait du bénévolat auprès des drogués, dont elle dit, contrairement à la « sagesse » populaire, qu'ils ne prennent pas de la drogue parce que ça les amuse, mais… parce qu'ils souffrent.

Sa vie est remarquable à d'autres titres : son fils héroïnomane a un jour été placé dans un sac de plastique noir dans un tiroir de la morgue à l'hôpital parce qu'on le croyait mort.

Mais, au dernier moment, il s'est réveillé d'un sommeil qu'on croyait éternel, a protesté de toutes ses forces de « ressuscité », et a évité par la même occasion de mourir gelé.

Ce résumé de sa vie incroyable a donc fait que j'ai écouté très attentivement ce qu'elle me disait.

Surtout qu'elle a vu tout de suite, comme toute voyante qui a un véritable don, pas juste un talent bidon, qui j'étais vraiment.

C'ÉTAIT TRÈS DIFFÉRENT DE CE QUE J'ÉTAIS EN CE MOMENT ET QUE JE ME CONTENTAIS D'ÊTRE, PAR PARESSE OU CRAINTE DE DEVENIR CE QUE JE POUVAIS DEVENIR, CE QUI DEMANDE EN GÉNÉRAL DU COURAGE.

Dans son modeste appartement de Saint-Jérôme, m'étant assis devant elle, sur une chaise droite, selon ses instructions formelles, elle me demande de lui donner un nom de personne, ou plutôt un prénom.

Je lui donne celui de la femme qui partageait ma vie à l'époque.

En 30 secondes, elle me dit 3 ou 4 choses qu'elle ne pouvait pas savoir d'elle – et que moi je savais.

C'était troublant.

Péremptoire, elle précise : « Elle est toxique pour toi ! »

Elle avait raison : elle était un poison pour moi – et peut-être moi pour elle ! Les torts – comme les dommages – sont rarement unilatéraux : on était juste un mauvais *fit*.

Quoi qu'il en soit, trois semaines plus tard, nous nous séparions.

Mais ce que je voulais surtout savoir de la voyante, c'était de quoi le reste de ma vie professionnelle serait fait.

Lisant dans mon âme, la voyante Denise décrète :

« Tu ne te retrouves plus dans ton métier. »

Je ne sais pas si je me retrouvais dans mon métier que pourtant j'aimais – comme j'aimais tous mes collègues.

Mais en tout cas il me semblait que ce ne serait pas mon dernier métier, qu'un autre destin m'attendait : je me cherchais !

J'ai confessé : « Je ne me sens pas comme les autres. Il me semble que je suis différent. »

VOUS, VOUS SENTEZ-VOUS COMME LES AUTRES ? OU ALORS VOUS SEMBLE-T-IL QUE VOUS ÊTES DIFFÉRENT ?

Denise, la voyante, m'a regardé droit dans les yeux et a décrété : « Toi, tu es un entrepreneur. Et je te vois en immobilier. Pourquoi ne deviens-tu pas courtier ?

— Moi, entrepreneur ? Moi, courtier ?

— Crois en toi ! »

Sans doute avait-elle vu en moi quelque chose qui y était depuis longtemps.

Elle m'a ensuite posé une question qui m'a ébranlé.

Et je crois que tout le monde devrait se la poser : « Pourquoi ne fais-tu pas ce que tu as toujours eu envie de faire ? »

Et VOUS : « POURQUOI NE FAITES-VOUS PAS CE QUE VOUS AVEZ TOUJOURS EU ENVIE DE FAIRE ? »

Pour tout vous dire, je ne connaissais pas la réponse.

Ou alors je la connaissais, mais je n'osais pas me l'avouer.

J'étais d'accord : il fallait que je devienne entrepreneur. Courtier aussi, peut-être.

Une leçon que j'avais retenue de *Père riche, Père pauvre* est que, même en travaillant comme un malade, il était difficile, sinon impossible pour moi, d'atteindre l'indépendance financière.

Et je travaillais comme un malade : lorsque je ne travaillais pas comme pompier, je suais 40 heures par semaine comme menuisier et parfois plus : je ne comptais pas mes heures.

Pourtant, lorsque l'ogre de l'impôt avait passé son éponge vorace sur ma sueur, il ne me restait pas de quoi m'acheter la voiture de mes rêves ni même – et c'est encore pire – pouvoir cesser de travailler pendant trois semaines : j'étais dans la classe moyenne !

Toutefois, je me souvenais de la déconvenue financière de mon père.

Il avait perdu sa maison – avec sa très chère piscine creusée !

Ne devais-je pas me contenter d'être pompier ?

Plutôt que de tout envoyer en l'air pour devenir entrepreneur ?

Mais peut-être pouvais-je astucieusement faire les deux choses en même temps.

J'avais, pour cette formule prudente de succès, des modèles que j'admirais.

Deux en fait.

Dont je connaissais par cœur la vie, la philosophie.

LES DEUX TESTS CLASSIQUES POUR SAVOIR SI VOUS AIMEZ VRAIMENT VOTRE TRAVAIL.

1. VOUS VOYEZ-VOUS ENCORE LE FAIRE DANS CINQ ANS ?

Si la réponse est non, vous pouvez aussi vous demander : vous voyez-vous encore le faire dans TROIS ans ? Si la réponse est encore non, et que c'est aussi NON si vous vous projetez dans un an, vous devriez vous poser des questions. Vous avez des hésitations, je sais, et le sens des responsabilités : vos obligations vous enchaînent. Mais vous avez aussi une obligation, et c'est à mon avis la plus importante : c'est VOUS. Malheureux au travail – et peut-être obligé de prendre des antidépresseurs, de l'alcool ou de la cocaïne pour continuer à faire ce que vous détestez faire –, il se peut fort bien que bientôt vous ne puissiez plus le faire : alors vous aurez perdu sur les deux tableaux.

2. SI VOUS GAGNIEZ SUBITEMENT 1 000 000 $

... continueriez-vous à faire le travail que vous faites ou remettriez-vous immédiatement votre démission ?

Si vous êtes inquiet et que vous vous méfiez de l'inflation, toujours sournoise, de votre manière de dépenser ou que vous êtes très jeune et avez de nombreuses années à vivre, mettez 5 000 000 $ ou 10 000 000 $. C'est plus prudent. Évidemment, si vous êtes milliardaire, ça ne règle pas vos problèmes, ou, dit autrement, ça ne change pas grand-chose à votre vie, à votre bonheur.

Donc si avec 1, ou 5 ou 10 millions en poche, vous remettriez immédiatement votre démission, vous devriez peut-être toutes affaires cessantes tenter de devenir un « pompier riche ».

Avec la prudence que vous découvrirez dans le prochain chapitre.

6

La prudence de Phil Knight, fondateur milliardaire de Nike

(En 2021, sa fortune était évaluée à 40 milliards : sa « prudence » ne l'ayant pas vraiment desservi, comme elle ne vous desservira pas, je le crois !)

Au cours d'une de ses longues sorties de course à pied, le jeune Phil Knight se livre à un exercice d'autoréflexion que vous trouverez sans doute inspirant.

Voici ce qu'il dit, qui est empli de lucidité et d'humilité :

« Comme tous mes amis, je voulais réussir. Mais contrairement à eux, je ne savais pas ce que cela signifiait. L'argent ? Peut-être. Le mariage ? Les enfants ? Une maison ? Bien sûr, avec de la chance. C'étaient les objectifs qu'on m'avait appris qu'il fallait atteindre, et une partie de moi y aspirait, instinctivement. [...] Mais au fond de moi, je cherchais quelque chose d'autre, quelque chose de plus. »

Et il ajoute : « J'avais la sensation aigüe que la vie était courte, plus courte qu'elle ne l'a jamais été, courte comme un jogging matinal, et je voulais que la mienne ait un sens. Qu'elle soit passionnée, créative et importante. Et par-dessus tout… différente. Je voulais laisser une trace dans ce monde. Je voulais gagner. »

Le succès de Phil Knight est d'autant plus admirable que le jogging était loin d'être aussi populaire à l'époque qu'en 2023.

La course à pied, le jogging étaient en fait réservés à une élite sportive, surtout olympique.

Au début, il se cherchait, il n'avait pas encore trouvé sa voie. Il savait juste qu'il ne deviendrait jamais un champion de course à pied, malgré sa passion : il n'était juste pas assez bon.

Lucide, résilient, il poursuit : « Alors que j'enchaînais le kilomètre 60 en 6 minutes et que le soleil commençait à poindre sur les aiguilles de pin, je me suis demandé : *Et s'il y avait un moyen de ressentir ce qu'un athlète ressent sans en être un ? Est-il possible de passer sa vie à jouer, plutôt que de travailler ? Et de s'épanouir dans son travail à tel point que les deux deviennent pratiquement la même chose ?*

C'est nous qui soulignons.

Knight poursuit sa leçon de philosophie des affaires, qui, dans sa bouche de milliardaire, devient aussi une leçon de vie : « Qu'on aime l'idée ou non, la Vie est un jeu. Quiconque nie cette vérité, quiconque refuse de jouer se retrouve sur la touche et, plus que tout, je voulais échapper à cela. Tout cela m'a guidé vers mon Idée Folle. Je me suis dit que, peut-être, je dis bien peut-être, je devrais la reconsidérer une dernière fois. Peut-être qu'après tout, mon Idée Folle pourrait, qui sait… fonctionner ? »

Sorte d'Érasme de Rotterdam moderne, il fait un véritable éloge de la folie lorsqu'il dit: « J'ai pensé: non, non, il faut courir plus vite, plus vite, courir comme si j'étais à la poursuite de quelqu'un et que j'étais moi-même poursuivi en même temps. J'allais réussir. Avec l'aide de Dieu, cette idée réussirait. Il n'y avait plus de "peut-être". Je m'étais soudainement mis à sourire, et même presque à rire. Trempé dans mon survêtement, me mouvant plus facilement que jamais, j'ai vu que mon Idée Folle brillait devant moi et qu'elle n'avait d'ailleurs plus l'air si folle. Cela ne ressemblait même pas à une idée, mais plutôt à une personne, ou une forme de vie qui existait bien avant moi, qui m'était extérieure, mais faisait tout de même partie de moi. Elle m'attendait, tout en se cachant. Cela peut paraître un peu extravagant, un peu fou. Mais c'est ce que j'ai ressenti à l'époque. »

En une finale spectaculaire, il avoue:

«À 24 ans, j'avais eu cette Idée Folle (vendre des espadrilles) et, malgré ma peur du futur et mes doutes sur moi-même, comme tous les jeunes gens dans leur vingtaine, je me suis dit que le monde était fait d'idées folles. Les choses que j'aimais le plus – les livres, le sport, la démocratie, l'entrepreneuriat – sont nées à partir d'idées folles. L'histoire est une longue succession d'idées folles [...]. »

Il conclut magnifiquement:

«Ce matin de 1962, je me suis dit qu'il fallait que je laisse les autres dire que mon idée était folle... Qu'il fallait juste ne pas s'arrêter. Il ne fallait même pas considérer l'abandon. [...] C'est le conseil précoce que je me suis donné et que j'ai plus ou moins réussi à suivre. Un demi-siècle plus tard, je crois que c'est le meilleur conseil – peut-être le seul, d'ailleurs – que chacun de nous devrait se permettre de donner.»

Pourtant, même sous le charme de son Idée Folle, il demeure lucide et prudent.

Alors qu'il avait déjà plusieurs employés, Phil Knight, véritable visionnaire, a conservé son poste d'expert-comptable dans une grande firme, Price Waterhouse, pour ne pas la nommer.

Où il travaillait six jours par semaine.

Levé tôt (car les futurs millionnaires se lèvent en général plus tôt que tard), il consacrait les premières heures du jour à Blue Ribbon, le nom de sa société, avant d'être rebaptisée Nike.

Il reprenait le flambeau en fin de soirée, rentré du bureau, de même que tous ses jours de congé.

Sa jeune entreprise double son chiffre d'affaires pour une cinquième année d'affilée, et lui prend trop de temps pour continuer chez Price Waterhouse. Mais elle ne fait pas assez d'argent pour lui verser un salaire.

Phil Knight pense alors à une astuce intelligente :

> « J'ai donc décidé de faire un compromis et de trouver un autre travail de jour, qui me permettrait de payer mes factures, mais qui m'accaparerait moins et me laisserait davantage de temps pour ma passion. Le seul travail répondant à ces critères que j'ai pu trouver était l'enseignement. J'ai postulé à l'Université de Portland et j'ai obtenu un poste de professeur adjoint, à 700 $ par mois. »

Cette prudence financière – que nous recommandons dans ce petit traité – a-t-elle empêché le succès spectaculaire de Nike ?

Non.

Mais il y a d'autres domaines, plus risqués et artistiques, où cette sagesse a porté des fruits magnifiques, et a rendu son adepte riche.

7

La prudence de Stephen King – qui lui est venue de son enfance !

Il n'y a pas que Phil Knight qui a fait preuve de prudence avant de quitter définitivement son emploi pour « gérer son entreprise », et donc vivre son rêve.

Le grand romancier Stephen King l'a aussi fait.

Il a eu une enfance malheureuse, un peu comme la mienne.

Son père, Donald, n'était pas un homme de famille, et encore moins un bon mari, beaucoup s'en serait fallu. Il faisait plus que vendre des aspirateurs à ses clientes : lorsqu'elles voulaient en vérifier le mode d'emploi, il leur offrait un service après-vente qui dépassait de beaucoup sa définition de tâches.

Fumeur, il usa d'une banale excuse pour quitter le domicile conjugal et ses deux enfants : parti acheter des cigarettes au tabac du coin, il ne rentra jamais à la maison. Le jeune Stephen King n'avait que deux ans !

Sans doute ce cruel abandon lui inspira-t-il la prudence du pompier riche quand, plus tard, vint le temps de jouer le tout pour le tout, de tout envoyer en l'air pour vivre son rêve.

Qui était de vivre de sa plume : rêve improbable. Comme presque tous les métiers artistiques vu que l'ambition dépasse souvent le talent. Or, le talent et même le génie ne sont pas toujours gages de succès, surtout financier.

Mozart est mort pauvre, Balzac criblé de dettes.

Ruth, la mère de Stephen King, débrouillarde, frugale, pragmatique, privée de toute pension alimentaire pour nourrir ses deux fils (Stephen avait un frère de deux ans son aîné) était heureusement une travailleuse infatigable.

Mais sa vaillance ne lui permettait pas d'offrir à ses enfants un logis avec un bain ou une douche : pour se laver, Stephen et son frère devaient visiter leur tante !

Dans son autobiographie, le célèbre romancier résume ainsi le triste destin maternel : « C'était des années très malheureuses pour ma mère. Elle n'avait pas un rond et travaillait constamment. De surcroît, ma grand-mère souffrait de démence sénile complète et d'incontinence. »

Pourtant, malgré la pauvreté de sa famille et l'abandon de son père « parti acheter des cigarettes », Stephen King, adolescent, était habité d'une magnifique intuition au sujet de son avenir.

Même s'il n'avait fait que soumettre sans grand succès des nouvelles à des magazines, il avait la tranquille assurance qu'il aurait éventuellement du succès.

Un jour, achevant de taper quelques pages sur sa dactylo, tout en grillant une cigarette, il confia à son ami Chelsey, qui écrivait lui aussi :

« Tu sais ce que je vais faire dès que j'aurai écrit mon premier best-seller ? Je vais m'acheter une belle grosse Cadillac. »

VOUS, malgré peut-être une enfance difficile, une famille brisée, une « maison sans douche ni bain » et « une grand-mère sénile et incontinente », avez-vous la tranquille assurance que vous aurez un jour du succès, que vous vous achèterez une belle grosse Cadillac ?

Oui, de nos jours, je sais, les rêves des entrepreneurs en herbe ou accomplis vont plutôt vers des Porsche ou des Ferrari.

O tempora o mores !

Autres temps, autres mœurs !

Malgré son exaltante intuition, le brillant auteur de *Carrie*, *The Shining* et autres romans dont les adaptations sont devenues des *hits* au box-office américain, joue de prudence.

Il complète son cours universitaire et devient instituteur dans une école secondaire.

À l'automne 1971, lorsqu'il a entamé sa modeste carrière, il touchait le salaire annuel de… 6400 $!

Oui, 6400 $, et non pas 64 000 $!

Il ne manque pas de zéro.

Une autre preuve – accablante pour les salariés et exaltante pour les investisseurs avisés – des ravages ou vertus, c'est selon, de l'inflation !

Stephen et Tabitha, sa poétesse de femme, s'étaient mariés la même année, le 2 janvier 1971, et, pour faire les choses comme il faut, le futur mari avait dépensé pour les deux bagues conjugales la somme faramineuse de… 15,95 $!

À la fin des classes, donc l'été, lorsqu'il n'enseigne pas, Stephen King a le sens pratique et la modestie de travailler à... 1,60 $ de l'heure dans la « distinguée » buanderie New Franklin.

Ce n'est pas exactement une sinécure.

Il doit se taper des nappes de restaurant souillées de morceaux malodorants de homard et de crabe, des draps de lit d'hôpital tachés de sang et aussi de merde et de pipi ou d'aliments échappés par les mains tremblantes de la vieillesse.

L'illustre – et vaillant – inconnu vit encore avec sa femme dans un *trailer* loué sur la route 2 à Hermon.

Et ne conduit pas une rutilante Cadillac (comme il en avait eu le rêve adolescent), mais... une vieille Buick Special 1965 !

Dans un élan de désespoir ou de génie, il se mit fiévreusement à écrire une scène réaliste et choquante.

Il portraiturait une adolescente dans la douche d'un vestiaire, qui découvre du sang qui coule le long de ses cuisses. Elle est persuadée qu'elle va mourir : ce ne sont que ses premières règles ! C'était bien entendu l'héroïne de *Carrie*, le premier best-seller du roi de l'horreur qui a vendu 400 millions de livres à travers le monde.

Carrie, qui était son 4e roman – les trois premiers ayant été poliment (et parfois pas très poliment !) refusés ! – a été accepté fin avril 1973.

William Thompson, son agent littéraire, a eu le plaisir non dissimulé de lui annoncer que Doubleday (un très important éditeur new-yorkais) publierait le livre et lui offrait le « pharamineux » à-valoir de... 2500 $.

La série noire de Stephen King avait enfin pris fin, et le chemin bien mérité de la gloire s'ouvrait devant lui.

En effet, le 13 mai 1973, la déesse de la chance frappait à nouveau à sa porte.

New American Library achetait les droits d'édition de poche de *Carrie* pour la somme rondelette de... 400 000 $.

Un instant, le jeune auteur, qui n'en croyait pas ses oreilles, a pensé qu'il s'agissait plutôt de... 40 000 $.

Non, il y avait bel et bien un zéro.

Magique.

De plus.

C'était 400 000 $.

Selon une clause de son contrat, conventionnel en édition, le jeune auteur avait droit à 50 % de cette somme, donc 200 000 $.

Pas mal, non ?

Il gagnait 6400 $ par année comme instituteur.

Pour les besoins de notre démonstration, arrondissons son salaire à 6500 $!

Si on divise 180 000 $ par 6500 $ (200 000 $ moins la commission de 10 % de son agent, donc 20 000 $ sur sa part), Stephen King venait donc de toucher par anticipation plus de... 27 ans de salaire comme instituteur.

Pas si mal, non ?

Il aurait donc fallu que sa prudence soit en fait un manque total de confiance en ses moyens, en sa bonne étoile pour qu'il ne quitte pas ce travail pour lequel il n'avait aucun goût depuis des années.

Stephen King pouvait... « voir venir » comme on dit.

Il pouvait, comme tout jeune en rêve, se consacrer enfin à sa seule véritable passion qui était depuis des années d'écrire, seulement d'écrire et de pouvoir en vivre.

Cet argent tombé du Ciel (ou du grenier de sa vaillance et de son talent !) venait d'« acheter » à Stephen King sa liberté.

Si vous le remarquez – et je crois bien que vous l'avez fait ! – ce n'est pas parce que Stephen King a tout quitté pour écrire son premier best-seller qu'il… a écrit son premier best-seller et a reçu cette superbe avance de 180 000 $!

La philosophie du « tout ou rien », l'absolutisme entrepreneurial n'a pas de lien de causalité vérifiable avec le succès.

Dit en mots plus simples : CE N'EST PAS PARCE QUE VOUS AVEZ EU LA TÉMÉRITÉ DE VOUS JETER À L'EAU QUE VOUS NE VOUS NOIEREZ PAS OU QUE, EN AFFAIRES, VOUS NE FEREZ PAS FAILLITE.

Les éditeurs, le public, les consommateurs/lecteurs (donc, ceux qui achètent ce que vous vendez… ou tentez de vendre !) se moquent comme de votre première chemise de ce que vous vivez, de votre audace, de votre témérité (de votre pauvreté ou de vos difficultés conjugales et autres) lorsque vous avez pondu votre premier best-seller !

Ils veulent juste lire un bon livre.

La prudence du pompier riche qui veut gagner 500 $, 1000 $ ou 5000 $ par semaine… en plus de son salaire ! – OU MIEUX ENCORE FAIRE 500 000 $ EN UN SEUL *DEAL* ! – devrait vous inspirer comme elle a inspiré Phil Khight et Stephen King.

Mais il y a d'autres raisons, peut-être encore plus fondamentales, pour lesquelles vous devriez penser à la prudence du pompier riche.

Leur découverte multipliera vos chances de richesse – et vous évitera bien des déconvenues, et quelques lourdes et douloureuses faillites, peut-être.

8

Votre produit guérit-il une « douleur » du consommateur ?

Dans *L'Unicorne intérieure*, Linda Yates sert aux entrepreneurs en herbe ce plat froid, ce rappel à la réalité énoncé avant elle, pour ceux qui croient que tout est possible : « Quatre-vingt-dix pour cent des *start-ups* échouent. »

Une *start-up*, comme chacun sait, est une nouvelle entreprise avec un nouveau produit ou un nouveau service.

Mais... pourquoi bien des entreprises nouvelles, des *start-ups* en apparence si prometteuses échouent-elles ?

Selon l'auteure de *L'Unicorne intérieure* :

« La plupart des nouveaux produits ou services échouent sur la plage de ces trois écueils : le prix, le temps ou les coûts de fabrication. »

Je souligne et mets en CAPITALES :

LE PRIX, LE TEMPS ET LES COÛTS DE FABRICATION.

Pensez-y !

Surtout si vous n'avez pas vraiment l'envie – ou les moyens ! – de perdre votre argent ou celui de vos investisseurs !

La brillante auteure pose aussi la question qui tue... ou qui permet de survivre... et/ou de ne pas perdre d'argent et du temps !

Je paraphrase et traduis, par souci de simplicité et d'efficacité : « Votre produit guérit-il une "douleur" du consommateur. Ou tout au moins un inconfort, une irritation ? »

Et comble-t-il un besoin ?

Si votre produit, ou service ne règle aucun des points de douleur (ou de frustration) du consommateur, et ne comble aucun besoin (idéalement à meilleur prix et avec un meilleur marketing), il ne se développera jamais pour devenir un produit en grande croissance commerciale.

Dit autrement, il ne vous rendra jamais riche.

Et pire encore, il vous aura fait perdre du temps et de l'argent.

CAVEAT UTILE ET ENCOURAGEANT : IL Y A PLUSIEURS NOUVEAUX PRODUITS OU SERVICES QUI ONT RENDU LEUR INVENTEUR RICHE SANS... QU'IL Y AIT EU DE BESOINS, OU MANIÈRES DE RÉGLER UNE « IRRITATION » DU CONSOMMATEUR.

Pensez, comme Linda Gates le rappelle aux : « ordinateurs personnels [...] la téléphonie sans fil mondiale, le téléphone intelligent, le "surfing" sur le sofa légitimé, la viande "végétale", les livraisons par drones, etc. Chacune de ces inventions semble un miracle et chacune souligne que la seule limite de l'invention est notre imagination. La réalité est que nous considérions seulement ces inventions et solutions comme inévitables (ou évidentes, si vous préférez)… de manière rétrospective. »

Pensez aussi à Facebook, Twitter, à plusieurs jeux vidéo : il n'y avait pas de besoin ni d'irritation du consommateur, avant leur invention !

À une autre époque, il y a eu le walkman, il y a eu Mario Bros, le contrôle à distance pour votre télé.

Il y a eu bien sûr le réseau Internet, il y a maintenant l'intelligence artificielle (I.A.).

Les entrepreneurs qui ont pensé à ces nouveautés qui ne soulageaient pas la douleur du consommateur, ou ne répondaient pas à un grand besoin, ont fait fortune.

Même si, aux yeux de ceux qui n'ont pas fait fortune, ils rêvaient en couleurs.

La vie est magique !

OUI, MAGIQUE !

Bien des règles – surtout idiotes – peuvent être brisées.

Et le seront !

Les oncles disent à leurs neveux qu'ils ont des cheveux bizarrement coupés, trop courts ou trop longs, que leur pantalon est mal ourlé : ils ont simplement oublié qu'à leur époque, dans leur lointaine jeunesse, pour leur oncle, ils avaient des cheveux bizarrement coupés, trop courts ou trop longs, et un pantalon mal ourlé !

Pour vous encourager à vous jeter à l'eau, pensez à une vérité aussi vieille que le monde est monde…

9

Avant d'être majestueux, le chêne n'a été qu'un modeste gland

Les débuts de presque toutes les grandes entreprises ont été modestes.

Soichiro Honda réparait des bicyclettes dans son garage.

La grande chaîne McDonald's n'était au début, lorsque Ray Kroc l'a découverte et en a fait l'achat, qu'un modeste comptoir de restauration où les frères McDonald vendaient des burgers avec une sauce de leur composition – devant une longue file d'attente de clients affamés. Chose qui avait intrigué et allumé Ray Kroc qui, à plus de 50 ans, n'était encore qu'un vendeur de machines à *milk-shakes*, après avoir vendu pendant des années des *lily cups*, pas la gloire quoi ! Mais tout vient à point à qui sait attendre, dit-on !

Bill Gates a démarré Microsoft dans son garage.

Un petit propriétaire de magasin général à rabais, établi à Roger, en Arkansas, a cru qu'il pourrait un jour tirer son épingle du jeu, malgré l'existence des « géants » du commerce à rabais à l'époque, K-Mart et Woolworth's : son nom est Sam Walton, fondateur de... Walmart.

Walmart fracasse tous les records de vente.

K-Mart et Woolworth's ont fermé boutique.

Pourtant, malgré ces vérités encourageantes pour ceux qui veulent se lancer, il faut faire preuve de prudence.

L'échec a un goût amer et fait souvent des ravages considérables dans notre vie.

Financière bien sûr, mais aussi sentimentale et familiale.

Car on oublie souvent qu'être à son compte, c'est... travailler 80 heures par semaine pour soi au lieu de... 40 pour son patron !

Pour ne gagner souvent que le salaire minimum, parfois moins, si du moins on compte toutes ses heures. Ce que souvent on ne fait pas, dans l'exaltation optimiste des débuts.

Et dans mon cas – ce qui ajoutait à mes hésitations – le souvenir de l'échec de mon père était encore tenace.

Pourtant, quand la voyante Denise m'a prodigué un conseil étonnant, je l'ai écoutée.

10

La voyante Denise me trouble par son conseil

La voyante Denise, qui ne savait pour ainsi dire rien de moi, semblait pourtant… *tout savoir de moi* !

En tout cas, elle savait des choses que je n'avais jamais révélées à personne.

Elle m'avait dit, vous vous en souvenez :

« Toi, tu es un entrepreneur. »

Et elle a insisté pendant ce nouveau *reading*, me demandant ce qu'elle m'avait déjà demandé avant :

« Pourquoi ne deviens-tu pas courtier immobilier ?

— Courtier immobilier ?

— Oui, dans la vie, tout arrive pour une raison. Tout est merveilleusement orchestré même si on ne le sait pas. »

Elle avait raison.

Pour preuve, voyez le fil mystérieux qui m'a mené à mon état de pompier riche.

1. J'avais autoconstruit ma première maison.

2. Quand est venu le temps de vendre, par prudence, pour savoir où je m'en allais, il m'a paru qu'il serait sage de consulter quelqu'un dont c'était la profession de dire aux gens combien valait leur maison.

Dame Chance une fois de plus m'a souri.

3. Le courtier qui est venu cogner à ma porte, et m'avait été recommandé par RE/MAX, s'appelait... Gabriel Laflamme !

Laflamme, pour un pompier, c'est un nom prédestiné, non ?

Je plaisante : je ne suis pas superstitieux – même si je crois au destin, à la magie de la Vie et plein de petits signes dont je ne vous dresserai pas l'inventaire !

Gabriel Laflamme m'a tout de suite fait bonne impression : on avait un bon *fit*.

Le lendemain de notre première rencontre, je lui ai passé un coup de fil.

Excité par son style de vie et ses revenus, je lui ai posé des questions sur le métier de courtier immobilier.

Inspiré, inspirant, il a dit :

« Je te vois dans ce métier à 100 milles à l'heure. »

Nous sommes devenus amis pour la vie.

Il conduisait une Lexus, était CFA, acronyme de *Chartered Financial Analyst*, donc analyste financier agréé, ce qui est considéré comme la référence dans le domaine de l'analyse des investissements.

Et, comme il était passé aux aveux, j'ai appris, surpris et un peu envieux, je l'admets, qu'il faisait cinq fois plus d'argent que moi en travaillant cinq fois moins d'heures que moi.

De quoi me *challenger*, quoi !

Il venait en effet, sans le savoir, de faire un portrait de moi qui ne me plaisait pas.

Dans le miroir qu'il me tendait sans aucune malice, je ressemblais à un idiot, ou en tout cas à quelqu'un qui n'avait aucune intelligence financière !

Piqué au vif dans mon ego, et vu ma nature compétitive, je me suis dit : *Pourquoi pas moi ? S'il est capable, moi aussi je le suis.*

Et vous qui lisez ce livre et qui travaillez peut-être pour cinq fois moins le salaire que vous méritez... ET QUE VOUS POURRIEZ GAGNER, ne devriez-vous pas vous aussi vous demander, toutes affaires cessantes : *pourquoi pas moi* ?

Oui, POURQUOI PAS VOUS ?

Vu nos atomes crochus, Gabriel Laflamme a cru tout naturellement que j'avais décidé de lui confier le mandat de vente de ma maison.

Pourtant, même s'il avait établi un prix fort avantageux, et qu'il était extrêmement sympa, ce ne fut pas le cas. Il n'en a pas pris ombrage. Il était beau joueur, il avait de la classe.

Il ne sentait pas qu'il perdait un mandat.

Il... sentait qu'il venait de se faire un ami : on n'en a pas tant qu'on pense dans la vie !

Il avait raison pour notre amitié et pour le prix de la maison.

Je l'avais inscrite au prix qu'il avait suggéré, mais un an plus tard, après avoir complété ma formation de courtier et obtenu mon permis. Si bien que j'ai pu avoir 10 000 $ de plus pour la maison, l'inflation ayant fait son œuvre sympathique... du moins pour l'investisseur !

Il m'est resté 105 000 $ dans les poches – libres d'impôt.

Il y a pire : j'avais seulement 26 ans !

Quand je suis allé déposer à la banque ce chèque magique et pharaonique pour un jeune homme de mon âge, la caissière m'a souri, et m'a demandé, en touchant ses cheveux longs et blonds :

« Vous allez faire quoi avec tout cet argent ?

— Hum, je n'ai pas eu encore le temps d'y penser.

— Vous allez partir en vacances, vous acheter une Porsche ?

— Euh, non. J'ai d'autres ambitions. Vous pouvez m'imprimer mon solde ? »

Elle m'a imprimé mon solde.

Je l'ai pris, l'ai remerciée, et je suis sorti d'un pas pressé de la banque, le cœur heureux, le cœur léger, le cœur optimiste. Encore plus motivé de poursuivre ma quête, ma mission de devenir un pompier riche.

J'ai aussi comme par-devers moi pensé à mon père qui n'avait jamais déposé pareille somme dans son compte en banque.

Je pensais que, cette somme, j'allais l'investir, la faire fructifier, la multiplier par 100, par 1000, par un million, pour faire le plus vite possible et avant d'avoir 40 ans, 500 $, 1000 $ ou 5000 $ par semaine, en plus de mon salaire.

Une fois mon diplôme de courtier en main, je me suis illico loué un bureau chez RE/MAX, et tout de suite ça m'a plu. Je l'ai décoré au... max pour qu'il ressemble à mes goûts, à l'image que je me faisais de mon avenir, de mon succès à venir, de mon indépendance financière de pompier riche.

Car je restais pompier.

Je ne pouvais pas encore faire de l'argent en dormant.

Mais ça viendrait, je le sentais.

Et surtout, oui, SURTOUT, je le voulais.

Car je voulais, oui, JE VOULAIS VRAIMENT MON INDÉPENDANCE FINANCIÈRE.

Et il me semblait que rien ne pourrait m'empêcher de l'obtenir.

Mais...

Devais-je me lancer en immobilier ?

C'est la question que bien des gens se posent.

Surtout au moment de leur premier achat – en général le plus difficile.

Même si ce n'est pas pour acheter un cinq logements, mais un modeste duplex, ou leur première maison ou condo.

Au fond, pour beaucoup de gens, avec ou sans enfants – mais surtout avec ! – être ou ne pas être propriétaire, *that is the question.*

Vous voulez enfin la réponse définitive à cette question ?

Lisez le chapitre qui suit !

Vous y découvrirez des chiffres et des statistiques : pas juste des opinions !

11

Être ou ne pas être propriétaire, that is the question !

J'écris ces pages en 2023.

Dans mon coin de l'univers, l'Amérique du Nord, il y a eu, il y a quelques mois, une bulle immobilière.

Assez spectaculaire.

Comme il y en a souvent eu dans le passé.

Jugez-en par vous-même, en usant, je vous en prie, d'intelligence financière !

CIGM Matrix, le 14 décembre 2022, divulgue les statistiques suivantes sur la fluctuation du prix médian des maisons unifamiliales au Québec.

2019 : 261 000 $ + 4 %

2020 : 296 000 $ + 14 %

2021 : 366 000 $ + 24 %

2022 : 413 000 $ + 13 %

Alors, pas besoin d'être Einstein pour comprendre que si, ayant eu un *timing* parfait, vous avez payé 261 000 $ en 2019 pour une propriété que vous avez vendue, fin 2022, 413 000 $, vous avez fait une assez bonne affaire.

Pour avoir vécu chez VOUS, sans risquer de vous faire évincer par le propriétaire, de subir d'augmentation de loyer salée.

Oui, chez VOUS, dans une propriété très certainement mieux que l'appartement que vous auriez pu dénicher pour 1083,01 $ par mois. Ce qui était le montant de vos versements hypothécaires mensuels. Les taux hypothécaires ont monté, je sais.

À Montréal ou Québec (et on ne parle pas de Toronto, Vancouver, et encore moins de Paris, Londres ou New York – Dubaï, on oublie ça !), il est devenu presque impossible de trouver un appartement décent pour moins de 1500 $ par mois.

Un 2 et 1 demi à Montréal se loue 1000 $ par mois, sans le chauffage, mais souvent avec... les cafards et les rats !

À Toronto, c'est 1200 $.

À Vancouver, 1500 $

New York, c'est 2500 $, si vous avez de la chance.

En passant, je sais que cette longue énumération de chiffres peut vous paraître ennuyeuse.

Je peux cependant vous garantir que, tenir compte des chiffres est un passage obligé de l'intelligence financière et de la quête pour devenir un pompier riche.

Celui qui ne sait pas compter n'est pas intelligent financièrement : celui qui est intelligent financièrement… sait compter ! Ou il se fait conseiller par quelqu'un qui… sait compter !

Pourtant, certains ne manqueront pas de m'objecter, non sans justesse, que des pourcentages d'augmentation annuelle de la valeur médiane des propriétés de 14 %, 24 % ou 13 %, c'est une séquence heureuse (je veux dire pour les propriétaires et non pas pour les futurs acheteurs, bien entendu !) qu'on ne retrouve pas souvent, comme si au poker on avait trois flushes royales d'affilée !

Je n'en disconviens pas.

Alors, comment répondre à la question initiale de ce chapitre : doit-on être ou ne pas être propriétaire ?

Voici d'autres chiffres qui vous apporteront des éléments de réponse intéressants, ce me semble.

Ils sont tirés du rapport du recensement américain pour l'année 2021 (*American Census Bureau*).

Je vous en traduis et résume les points les plus importants – et les plus utiles à ma démonstration :

« Les Américains les plus riches adoptent certains comportements financiers, dépensent leur argent de certaines manières et favorisent certains investissements. Les personnes moins aisées ne le font généralement pas. »

Et voici, sans autre forme de procès, le coup de marteau, ou si vous préférez l'argument massue qui devrait clore le débat sans fin : LOCATAIRE OU PROPRIÉTAIRE ?

« Les propriétaires avaient une richesse médiane de 305 000 $ au moment de l'étude, comparativement à une valeur nette de seulement 4 084 $ pour ceux qui louaient. »

OUI, VOUS AVEZ BIEN LU : LES PROPRIÉTAIRES (EN MOYENNE, VU QU'ON PARLE DE RICHESSE MÉDIANE) ONT UNE VALEUR NETTE DE 305 000 $, LES LOCATAIRES DE 4084 $.

Aussi bien dire que les locataires n'ont RIEN.

Grosso modo, les propriétaires ont une richesse de 300 000 $ de plus que les locataires.

Donc, pas besoin d'être un actuaire ou un grand économiste pour comprendre la conclusion de ce recensement.

Être locataire vous condamne forcément à la pauvreté, qui est bien plus sévère, bien plus douloureuse, plus on avance en âge.

Mais avant d'aller plus loin, qu'est-ce qu'un actif, qu'est-ce qu'un passif – *au cas où vous ne le sachiez pas déjà !*

12

La différence entre un actif et un passif – au cas où vous ne le sachiez pas déjà !

Lorsque la banque établit votre bilan financier, elle dresse invariablement deux colonnes : ACTIFS et PASSIFS.

Dans la colonne PASSIFS, il y a tout ce que vous devez à votre ou... vos cartes de crédit, à l'impôt, à des prêteurs privés, à des marchands pour des sofas, une auto, un bateau, et même un frigo, ou autres électros.

Dans la colonne ACTIFS, si vous avez une voiture (qui vous appartient et n'est pas en location) qui a quelque valeur, donc, la banque déduira au moins 20 % de sa valeur marchande hypothétique pour se protéger même si par quelque anomalie provisoire du marché (j'écris ces lignes en 2023) des voitures d'occasion valent parfois autant que lorsque vous les avez achetées, vu la difficulté des constructeurs automobiles à trouver les microprocesseurs nécessaires à la fabrication de nouveaux véhicules, tous équipés de gadgets électroniques sophistiqués.

Si vous avez des dépôts à terme, de l'épargne, des obligations garanties, la banque, bien sûr, les comptabilisera comme un actif de plein droit.

Si vous détenez des actions, la banque les divisera par deux : les banques sont nerveuses et prudentes et savantes des soubresauts passés de la Bourse, et de possibles effondrements.

D'autres ACTIFS ?

Votre équité sur la ou les propriétés que vous possédez, l'équité étant la valeur marchande (toujours conservatrice selon la banque, donc : déduisez 10 % ou 15 % !) moins votre hypothèque, si vous en avez une.

Maintenant que sont expédiées ces banalités financières que, soit dit en passant, on devrait enseigner à l'école primaire, car elles sont... élémentaires ! voici un rappel, ou alors un plan de match pour ceux qui veulent gagner 500 $ 1000 $ ou 5000 $ par semaine, en plus de leur salaire.

Ce que tout émule du pompier riche doit faire est de s'appliquer à acquérir et conserver, et ce, le plus tôt dans sa vie, et avec la plus grande énergie, la plus grande discipline, des... ACTIFS, et de fuir autant que faire se peut, donc le plus... « activement » possible, les PASSIFS.

(On appelle aussi parfois ces actifs de BONNES DETTES [comme celles contractées en immobilier] en opposition aux MAUVAISES DETTES, celles, entre autres, pour s'acheter à crédit un voilier au-dessus de ses moyens ou une Porsche pour tenter de montrer à nos voisins qu'on est riche.)

Mais voici une nuance capitale : quels actifs doit s'efforcer d'acquérir et de conserver le disciple du pompier riche s'il ne veut pas être obligé de travailler jusqu'à sa mort, car il ne fait pas d'argent en dormant ?

RÉPONSE : Les actifs féconds, et non pas les actifs stériles.

Mais qu'est-ce qu'un actif fécond ?

Qu'est-ce qu'un actif stérile ?

13

Qu'est-ce qu'un actif fécond ? Qu'est-ce qu'un actif stérile ?

Pour aller au plus simple et le plus rapidement possible parce que le temps, c'est de l'argent, définissons d'abord ce qu'est un actif stérile !

Disons d'entrée de jeu qu'il a deux ailes comme les oiseaux, mais ces deux ailes ne le mèneront pas bien loin.

Pourquoi ?

1. Parce que (première aile) sa valeur diminuera avec le temps...
2. Et (deuxième aile) sa valeur ne rapporte pas de revenus passifs.

Comme un frigo ou une auto.

Donc – et désolé de vous avoir fait perdre du temps pour les besoins de ma démonstration – mais si vous voulez être un « pompier riche », tentez toutes affaires cessantes de mettre la main sur des actifs féconds, et fuyez comme la peste les actifs stériles !

Ils ne font pas de « petits » comme une femme ou un homme affligé de cette condition médicale, donc qui sont stériles.

Mais qu'est-ce qu'un actif fécond ?

C'est un actif qui a lui aussi deux ailes, mais elles vous permettront de voler vers le ciel de l'indépendance financière, dont vous rêvez :

1. PREMIÈRE AILE : il prend de la valeur avec le temps – et donc augmente votre valeur nette contrairement à votre auto ou sofa ou... une paire de souliers Louboutin, un costume Canali, Zegna, Armani, et cetera, un VR ou le bateau de vos rêves, qui devient souvent le bateau de vos cauchemars, car vous l'avez acheté à crédit ou *cash,* mais il ne vaut plus que 70 % ou même 50 % de ce que vous l'avez payé surtout aux yeux d'un éventuel acheteur qui, comme un requin, sent l'odeur du sang, sent que vous n'avez pas le choix de vous en débarrasser, de le brader à moitié prix.
2. DEUXIÈME AILE : il vous rapporte chaque mois plus d'argent qu'il vous en coûte pour avoir mis la main dessus, donc un *cash-flow* positif. Les propriétés qui perdent de l'argent chaque mois (parce que les revenus sont inférieurs à toutes vos dépenses mensuelles : hypothèque, taxes, assurances, entretien) sont appelées par les Américains des *alligators.* Si vous avez l'intelligence financière, vous voulez éviter ces propriétés et vous « spécialiser » dans celles qui sont de vrais actifs féconds et vous rapportent un *cash-flow* positif chaque mois !

Mais comment avoir des actifs féconds... encore plus féconds ?

Il faut simplement comprendre ou se rappeler la puissance de l'effet de levier en immobilier !

Quel est l'effet de levier en immobilier ?

14

L'effet de levier en immobilier – et pourquoi vous devez le découvrir et l'utiliser le plus tôt possible

L'effet de levier en immobilier est simple et utile – et très lucratif aussitôt qu'on le comprend et l'utilise !

Prenons un exemple pour en accélérer l'intelligence :

Avec une mise de fonds de 25 % (mais ce peut aussi être de 10 %, ou de 5 %), donc avec 125 000 $ pour un immeuble d'un prix de 500 000 $, vous êtes devenu propriétaire, disons d'un duplex dont un étage est devenu vacant, car c'était le propriétaire qui l'occupait, comme le sous-sol, occupé par son fils, qui ne payait pas de loyer.

Cet immeuble valait 550 000 $.

Il a donc été « bien » acheté, comme on dit en jargon immobilier.

Vous avez rafraîchi à bon compte les deux unités non louées. Puis, intelligemment, vous les avez louées au meilleur prix sur le marché vu le taux d'inoccupation fort bas. Vos 150 000 $ (125 000 $ de mise de fonds plus 25 000 $ de rénos) vous rapportent après toutes vos dépenses (taxes, hypothèques, assurances, entretien, et cetera) disons 1200 $ par mois, soit 14 400 $ par année, soit 9,6 % par année de rendement.

Pas si mal !

Et certainement mieux (même si moins *glamour*, moins *flash,* moins digne de glorieux posts sur Facebook ou Twitter) mieux, donc, que si vous aviez pris ces 150 000 $ pour acquérir un actif stérile comme une Porsche 911 !

Mais cet actif fécond l'est encore plus s'il est doublé de l'effet de levier.

En effet, si vous y pensez – et même si vous n'y pensez pas ! – ce placement vous rapporte doublement :

Il prend de la valeur chaque année, du moins s'il suit les règles quasi éternelles de l'inflation : et surtout, oui, SURTOUT, ce n'est pas à vrai dire seulement vos 150 000 $ qui prennent de la valeur, c'est l'immeuble de 550 000 $ qu'ils vous ont permis d'acquérir.

C'EST L'EFFET DE LEVIER.

Vous me suivez ?

À la Bourse vous ne l'avez pas. Vous ne pouvez pas dire et encore moins ordonner à votre courtier de vous acheter une action d'Apple (qui valait 169 $ en mai 2023) pour le quart de sa valeur. Vous n'avez pas l'effet de levier.

Si vous voulez acheter une action d'Apple à 169 $, vous devez débourser... 169 $!

(On peut acheter sur marge, je sais, mais ce serait trop long à expliquer et c'est beaucoup plus risqué quand il y a rappel de marge.)

Si votre action (d'Apple) augmente de 5 % en un an, vous aurez gagné la somme de 8,45 $.

Mais soyons justes, et pour comparer des pommes avec des pommes (et non avec des oranges, c'est le cas de le dire !) si vous aviez acheté pour 150 000 $ d'actions d'Apple vous auriez déboursé 150 000 $ et vous auriez fait 6250 $.

Avec la même augmentation de 5 % sur votre propriété achetée 550 000 $, vous avez gagné 27 500 $.

Vous préférez quoi comme investissement – et comme rendement ?

Bien sûr, à la Bourse, il y a parfois des *ten bagger.*

C'est quoi, un *ten bagger* ?

Vous avez investi 1000 $, vous en récoltez 10 000 $ rapidement.

Si vous avez mis 100 000 $ (même intelligemment ou audacieusement empruntés) vous êtes millionnaire, avant que l'impôt ne vous ait siphonné, bien entendu.

La Bourse, c'est tentant.

Vous ne vous salissez pas les mains.

Il n'y a pas de locataire qui vous appelle un samedi matin ou un samedi soir à 21 h ou un lundi matin à 5 h pour vous dire que sa toilette est bouchée, que sa fenêtre de chambre ferme mal, que son robinet de cuisine coule.

Devant pareils chiffres, statistiques, possibilité de refinancement et effet de levier, qu'est-ce qui retient, me demanderez-vous, la majorité des gens d'investir dans l'immobilier ?

C'est... la PEUR.

Et quelle est la cause de la PEUR ?

C'est... le manque d'intelligence financière !

Alors, foncez !

OUI, FONCEZ !

Pour vous aider à le faire – si nécessaire ! –, voici une autre astuce immobilière.

C'est le secret le mieux gardé de ceux qui y ont fait rapidement fortune. Même en débutant avec presque rien dans leur compte en banque – et pas de diplômes ou d'amis influents.

Cette astuce vous permettra de gagner le plus rapidement possible 500 $, 1000 $, ou 5000 $ par semaine, en plus de votre salaire.

Vous avez envie de la découvrir ?

15

Un des secrets de la croissance rapide en immobilier : le refinancement

Au baseball, on dit :

« *Pitching is the name of the game.* »

Donc littéralement : *Lancer est le nom de la partie.*

Ce qui veut dire que si vous n'avez pas un bon lanceur – et même si vous avez de bons frappeurs – selon toute vraisemblance vous ne gagnerez jamais la partie.

C'est comme au hockey : si vous n'avez pas un bon gardien de but, vous ne gagnerez probablement jamais la coupe Stanley.

Votre équipe a compté sept buts, ce qui est merveilleux,.

Mais votre gardien en a accordé huit, ce qui est désastreux !

En immobilier, *the name of the game*, un des secrets de la croissance, c'est... le refinancement.

Même si parfois, avec des hausses subites de taux d'intérêt comme on a connu récemment, il peut vous causer des soucis, des imprévus.

Caveat nécessaire :

> En 2022, avec la hausse soudaine du taux directeur passé de 0,5 % à 4 %, en quelques mois, il est évident que nos projets de rénovation et de refinancement sont devenus plus complexes et ont augmenté notre risque : nous ajustons nos offres d'achat en fonction de cette nouvelle réalité.

Mais qu'est-ce que le refinancement ?

Vous le comprendrez à nouveau plus aisément par un exemple qu'avec de la théorie.

Supposons que vous avez payé 300 000 $ une propriété qui en valait 350 000 $ et que, donc, vous avez BIEN achetée. Vous avez fait une mise initiale de 75 000 $ donc 25 %, souvent avec du *love money* (de l'argent que vous ont prêté vos parents, votre partenaire de vie, un ami...). Ou alors vous avez emprunté de l'argent à un prêteur privé – ou 7 500 $ à 10 amis. Ou mieux encore vous avez obtenu un solde de vente du vendeur, ce qui veut dire qu'il a accepté de retarder le moment de recevoir tous les produits de la vente en vous accordant un prêt d'un, trois ou cinq ans. Ou alors vous avez acheté avec une mise de fonds de 10 % ou de 5 %. L'important est que vous ayez mis la main sur une propriété... bien achetée, donc en dessous de la JVM (juste valeur marchande) et/ou avec de surcroît un potentiel important.

CE QUI EST VOTRE TRAVAIL PRINCIPAL, ET MÊME VOTRE SEUL TRAVAIL, SI VOUS ÊTES UN DISCIPLE ÉCLAIRÉ DU *POMPIER RICHE*.

Supposons que cette propriété soit un duplex à l'extérieur des grandes villes modernes – forcément à ce prix dérisoire et d'une autre époque ! Supposons qu'elle compte aussi un *bachelor* ! Mais il y a une explication logique à son prix d'aubaine – il y en a toujours une quand on va au fond des choses et pose les bonnes questions. Le propriétaire a acheté la propriété il y a 30 ans pour 69 000 $ et, depuis longtemps, n'a plus d'hypothèque. Il habite un des étages, mais il quitte pour une résidence pour personnes âgées, vu que sa femme est morte récemment et qu'il se sent trop seul depuis. Un des étages n'est pas loué, et le *bachelor* non plus. Vous vous contentez habilement de rafraîchir le duplex par une peinture que vous faites vous-même (ou faites faire à fort bon compte !) vous rajoutez une boîte électrique indépendante dans le *bachelor*, – parce que ni l'un ni l'autre de vos deux prochains locataires ne voudra payer pour l'électricité de son locataire.

Vous arrachez les mauvaises herbes, coupez le gazon, mettez des fleurs et de jolies boîtes aux lettres dorées à la devanture du duplex, et peut-être même, avec zèle, un petit auvent : tout le monde veut être fier de rentrer chez lui… *même si ce n'est pas chez lui* !

Vous louez fort avantageusement la propriété, ce qui est facile vu la crise du logement.

Vous cognez avec assurance à la porte de votre banquier : vous voulez refinancer votre propriété, vous avez un bail ou plusieurs baux en main.

Refinancer une propriété, c'est demander une nouvelle hypothèque, plus grande que la précédente, sur une propriété qui a pris de la valeur (marchande) du moins aux yeux (nécessaires) de la banque.

La banque réévalue votre propriété en mandatant un évaluateur agréé, estime que, surtout si bien louée, elle vaut maintenant 400 000 $ au lieu des 300 000 $ initiaux. Elle accepte de refinancer votre propriété en vous accordant 75 % de sa plus-value de 100 000 $ donc 75 000 $.

(Pour un duplex, le refinancement peut aller à hauteur de 80 %). Ces 75 000 $ (ou 80 000 $ dans le cas d'un duplex) se retrouvent dans votre compte, *give or take* les frais minimes de la nouvelle hypothèque.

Mais ce n'est pas un cadeau, je veux dire que ce n'est pas un don que la banque vous fait.

C'est un prêt, comme toute hypothèque.

C'est une rallonge de votre hypothèque précédente, sur laquelle vous allez payer de l'intérêt.

Beaucoup de néophytes ne comprennent pas vraiment ce qui se passe alors : pour eux, c'est de la science-fiction, de la magie.

Quand vous achetez une propriété, vous mettez, disons, 25 % de comptant, et la banque vous finance 75 % de la valeur du prix d'achat.

Cet argent va dans les poches du vendeur – moins les frais de la transaction (courtage, radiation du prêt et quittance, remboursement du solde hypothécaire, s'il y en a un, taxes impayées, etc.)

Quand vous refinancez, l'argent du refinancement va... DANS VOS POCHES, dans VOTRE compte en banque !

Si vous êtes plus « cigale » que « fourmi », vous pouvez dépenser un peu frivolement cet argent en vous achetant des PASSIFS : une voiture sport, un bateau, une croisière de rêve.

Mais – et c'est la bonne nouvelle et la clé de votre enrichissement rapide –, si vous êtes plus « fourmi » que « cigale », si vous êtes doté d'intelligence financière, que vous avez lu

Père riche, Père pauvre, vous pouvez utiliser cet argent pour acquérir une autre propriété.

Bien sûr, si vous démarrez dans la vie avec 100 millions ou même seulement 10 millions ou même seulement 1 million dans votre compte en banque, ce sera moins nécessaire de vous refinancer.

Sauf si, ayant lu *Père riche, Père pauvre* vous comprenez que ça vous permettra d'arriver plus vite à votre but, peu importe votre fortune initiale.

À vos débuts, si vous le pouvez, achetez un duplex ou un triplex : vos locataires paieront en quelques années votre hypothèque et vous vivrez pour ainsi dire « gratuitement » ou en tout cas à frais minimes chez vous en plus de vous enrichir.

Bien sûr, il y a plus de chances, vu la flambée des prix, et l'inflation qui ne se repose jamais, comme le héros du *Dîner de cons*, de Veber, qu'il soit difficile pour vous de mettre la main, à vos débuts, sur un duplex et encore moins un triplex.

Ce sera plus probablement un condo, un modeste jumelé, une petite maison que vous habiterez avec ceux que vous aimez – votre partenaire de vie, votre ou vos enfants, si vous en avez.

Pourtant, certaines personnes croient encore qu'une résidence – même principale – n'est pas un actif.

À mon humble avis, beaucoup de lecteurs distraits ont lu incorrectement *PÈRE RICHE, PÈRE PAUVRE.*

Qui dit « supposément » qu'une résidence principale est un passif et non pas un actif.

16

Lisez correctement Père riche, Père pauvre – *et devenez intelligemment... propriétaire !*

Si je pense à ma première propriété, ce serait difficile pour moi de dire que c'était un passif et non pas un actif.

À preuve ?

Je suis ressorti de cette brève et instructive aventure avec 105 000 $ dans mes poches, libres d'impôt, comme je l'ai déjà raconté.

Cette maison était-elle un actif ?

Pas besoin d'être actuaire ou même simple comptable pour voir que j'avais fait un... excellent placement !

Donc j'avais un actif, pas un passif.

Qui, à 26 ans, dispose de 105 000 $ dans son compte en banque ?

Et puis, c'était il y a 7 ans.

En dollars d'aujourd'hui, surtout si on tient compte de l'inflation galopante, 105 000 $ en valent facilement 125 000 $.

En fait, ce que dénonce Kiyosaki – et avec justesse – c'est l'achat d'une résidence principale qui vous fait entrer dans la course de rats.

La célèbre humoriste Lily Tomlin en a dit avec perspicacité : « Le problème, avec la course de rats, est que, même si vous la gagnez, vous restez un... rat ! »

Mais en quoi consiste la course de rats ?

Kiyosaki en fait le terrible et très juste portrait que je résume de la sorte :

Vous achetez une maison de, disons, 500 000 $, en étirant au maximum votre capacité d'emprunt, audace que bien souvent votre institution bancaire a encouragée, car elle fait plus d'argent. Et souvent, le gérant est jugé – et rétribué – en fonction de la somme des hypothèques qu'il a consenties, toujours en respectant les règles de l'art bancaire, si du moins c'en est un !

Au bout de deux ans, ayant bénéficié d'une promotion et surtout d'une augmentation de salaire, vous revendez votre propriété pour en acheter une autre, plus chère, plus prestigieuse, dans un quartier plus cossu, car vous êtes fort sensible aux symboles de statut social. Et, pour cette raison, vous vous êtes peut-être senti obligé de vous acheter une plus grosse voiture... pour que vos nouveaux voisins ne vous regardent pas de haut, ou ne vous regardent même pas : vous êtes en pleine course de rats !

Deux ans plus tard, ou même l'année suivante, nouvelle promotion ou augmentation de salaire : vous refaites la même pirouette, le même saut (périlleux) en avant. Vous vous « *upgradez* » en achetant une propriété plus chère dans un quartier encore plus huppé – sans oublier l'auto qui va avec : vous devez penser à votre standing, à votre statut social – même si vous êtes en train de vous ruiner à le faire.

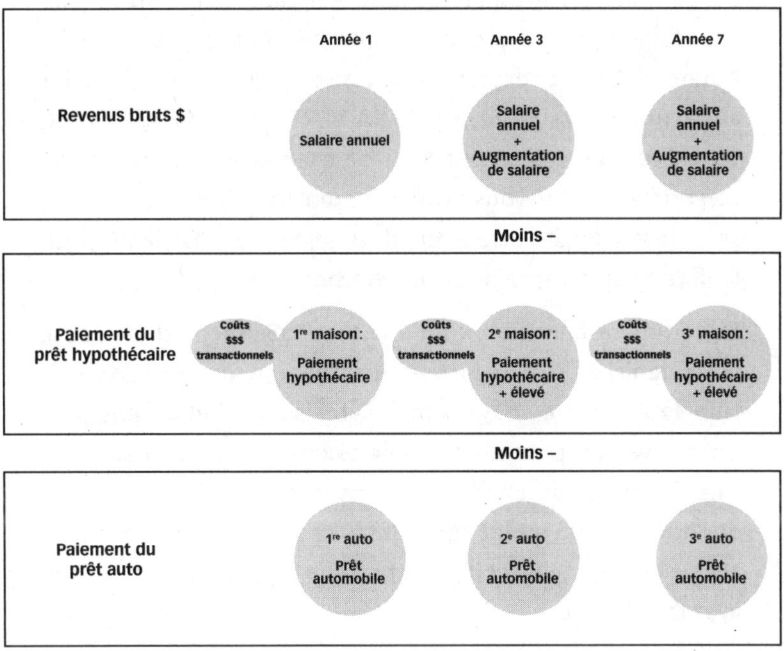

Certes, vous avez pu faire un profit en revendant votre maison – surtout si, suivant la règle cardinale de l'immobilier, vous avez fait votre profit à l'achat, ce qui est plus sûr que de le faire (hypothétiquement – et avec une grosse hypothèque) – à la revente.

QUE VEUT DIRE FAIRE SON PROFIT À L'ACHAT ?

Faire son profit à l'achat est une expression courante en immobilier. Que veut-elle dire au juste ? Disons d'entrée de jeu que c'est une image, une manière de parler, car bien entendu on ne peut faire un profit que lorsqu'on vend... et non pas lorsqu'on achète. Pourtant l'expression a un sens, et son corollaire lui aussi, qui pourrait être : FAIRE SA PERTE... À L'ACHAT ! Ce qui veut dire que vous avez payé trop cher. Et que lorsque vous revendrez (sauf si vous attendez 5 ou 10 ans ou plus encore selon la gravité de votre erreur de jugement ou malchance, que l'inflation aura corrigée !) vous ferez une perte.

Évidemment faire son profit à l'achat, c'est bien acheter, c'est avoir déniché – ou négocié – une aubaine, une opportunité. Non seulement en payant moins, mais en achetant une propriété avec un potentiel inexploité qui augmentera sa juste valeur marchande. En d'autres mots, une propriété ou un site à optimiser. Aussi, point important, ce « profit » vous protège contre les imprévus : et il y en a presque toujours, bien que vous ayez fait *due dil.*

Donc *due diligence*, donc vos devoirs et vos leçons, vérifications de tous les chiffres et paramètres avant d'acheter. Faire son profit à l'achat est une des clés du succès en immobilier, c'est d'ailleurs la devise ou si vous préférez le motto, le cri de ralliement du Club des investisseurs immobiliers du Québec (CIIQ) : https://www.clubimmobilier.ca/

Mais en achetant et revendant rapidement, vous avez engagé des frais souvent assez importants.

Lesquels ?

Les frais de notaire, bien sûr.

Mais aussi la taxe de mutation, les coûts de déménagement, les pénalités bancaires (fréquentes) pour fin prématurée de prêt.

Pourtant il y a pire.

Et on l'oublie souvent, parce qu'on ne lit pas toujours au complet les actes de prêts hypothécaires : on est trop content d'avoir été approuvé !

Si vous achetez et revendez rapidement, vous n'aurez jamais fait autre chose, grosso modo, que de payer à la banque des intérêts avec une faible portion de remboursement de votre capital.

Je le mentionne, car dans le recensement américain pour l'année 2021 (American Census Bureau) sur les comportements financiers, déjà cité, un détail important est mentionné, un comportement qui est exactement le contraire de la course de rats : ces propriétaires qui avaient une richesse médiane de 305 000 $ habitaient en moyenne la même maison depuis... 20 ans !

Exactement comme un des locataires de Marc Fisher : l'étonnant monsieur Roger !

P.-S. Ce qui révèle un fait intéressant : si en immobilier les années se suivent et... ne se ressemblent pas toujours, je veux dire ne connaissent pas toujours des augmentations spectaculaires, avec le temps, l'inflation fait toujours son œuvre inéluctable d'enrichissement pour les propriétaires et d'appauvrissement pour les locataires qui paient de plus en plus cher pour se loger, et toujours « dans le vide », comme on dit. Vous n'êtes pas sûr de cette logique – pourtant implacable ?

Lisez le chapitre qui suit.

Il vous fera pleurer – ou rire jusqu'à la banque !

17

Être ou ne pas être propriétaire, that is the question PART 2 ou *Le cas étonnant de Monsieur Roger*

Il y a 20 ans, presque jour pour jour, j'ai fait la rencontre de Monsieur Roger.

Je cherchais un homme à tout faire, qui pourrait m'aider à faire les rénovations des maisons que j'achetais à un rythme effréné.

Rachel, ma femme de ménage, me recommande Monsieur Roger.

Elle me le décrit sommairement : un quinquagénaire costaud, qui sait faire plomberie, électricité légère, céramique, peinture, jardinage !

Il me semble parfait.

Je le rencontre, lui résume ma situation immobilière, lui expose mes besoins de rénovation, lui demande ses tarifs :

« Quinze dollars de l'heure. »

Je rétorque :

« Oh ! moi, je ne paie pas ça.

— Euh… fait-il », avec une moue de déconvenue.

Je l'étonne et le ravis de la sorte :

« Non, je donne 20 $ de l'heure. »

Il a quitté tous ses autres clients du jour au lendemain, me consacrant exclusivement son talent : *money talks bullshit walks* !

À l'époque, Perrotois comme moi, Monsieur Roger avait toujours été locataire.

Je venais d'acheter une maison de ville, 129 des Émeraudes, à L'Île-Perrot, et je lui ai proposé de devenir mon locataire, à un loyer fort abordable de 725 $ par mois. La maison comportait deux étages, un sous-sol, un stationnement, une cour arrière. Nous avons rapidement convenu d'une entente que nous avons respectée, même si ce n'était qu'un *shake-hand* dans un parking de Rona : nous étions deux *gentlemen* !

Je n'ai jamais augmenté son loyer d'un dollar.

En contrepartie, Monsieur Roger a continué de me demander le même tarif horaire que le premier jour, alors que bien des hommes à tout faire peuvent refuser du travail à 40 $, et même 50 $ l'heure, vu la pénurie de la main-d'œuvre qui sévit au moment où j'écris ces lignes.

Monsieur Roger est une des personnes les plus heureuses que je connaisse. Entre autres choses essentielles au bonheur, il est parfaitement satisfait de son sort, ce qui est rare à notre époque.

Pourtant Monsieur Roger a une manière parfois particulière de penser.

George Bush avait ses bushismes, disant par exemple :

« Bien sûr que je connais l'Europe. Je regarde la télévision quand même. J'en suis absolument fan ! »

« Je pense que nous sommes d'accord : le passé n'est plus. »

« Nous sommes prêts pour tout événement imprévu qui pourrait ne pas se produire. »

« Je sais que les humains et les poissons peuvent coexister pacifiquement. »

« La plupart de nos importations viennent... de l'étranger. »

« Si nous ne réussissons pas, nous courons le risque... d'échouer »

Monsieur Roger, lui, a ses... rogerismes.

Je vous en dresse un bref inventaire, un *best of*, si vous préférez, sorte de pense-bête du bonheur selon Monsieur Roger :

Un jour que je déplorais l'augmentation hallucinante et fulgurante des coûts de l'essence, du gazole, si vous êtes Européens, comme suite de la guerre en Ukraine, de la pandémie ou toute autre cause de l'inflation affolante sauf pour un pompier riche et ses émules, il m'a regardé en souriant et s'est targué :

1. « Moi, ça ne me dérange pas, je mets toujours le même montant quand je fais le plein, soit 20 $! »

J'ai répliqué, ce qui était vrai :

« Je n'avais jamais pensé à ça ! »

C'est une formule, il me semble, à laquelle on devrait souvent sinon toujours recourir lorsqu'on ne veut pas froisser son interlocuteur ou qu'on estime qu'il serait inutile de jouer avec lui les professeurs de logique ou de bon sens, surtout s'il est complotiste, ou pas très intelligent, ce qui est souvent synonyme.

2. « Quand vous avez beaucoup de choses à acheter à la quincaillerie, ne les achetez pas toutes en même temps : à la place, repassez deux ou trois fois à la caisse.

— Euh... pourquoi ?

— Vous allez payer moins de taxes.

— Je n'avais jamais pensé à ça ! »

3. « Les gens sont fous, ils font de la course à pied, ça dérange tous leurs organes et leurs intestins, ensuite ils se demandent pourquoi ils sont malades.

— Je n'avais jamais pensé à ça ! »

Il était temps, car depuis l'âge de 16 ans, religieusement, *rain or shine*, malade ou pas, je fais du jogging trois fois semaine.

Un autre rogerisme pétrolier, sorte de variation de celui déjà cité, mais avec des vapeurs de contradiction :

4. « Je n'attends jamais que mon réservoir soit plus bas que la moitié.

— Euh, pourquoi, vous craignez la panne sèche ?

— Non, ça me coûte moins cher pour faire le plein !

— Je n'avais jamais pensé à ça ! »

Alors que j'étais célibataire :

5. « Pour votre prochaine femme, je vais vous donner un petit truc : choisissez-la un peu infirme !

— Euh, pourquoi ?

— Comme ça, elle ne vous quittera jamais.

— Je n'avais jamais pensé à ça ! »

Il avait raison. À preuve : je n'ai pas suivi son conseil, j'ai choisi une beauté sculpturale et tout sauf un peu infirme et... elle m'a quitté après sept ans de mariage !

6. « La meilleure idée est toujours la meilleure idée !

— Je n'avais jamais pensé à ça ! » ai-je dit sans oser le reprendre après avoir compris, avec trois secondes de retard, qu'il parlait de la première idée. Qui est toujours sinon souvent... la meilleure idée !

7. « Si vous voulez être en meilleure santé, buvez de la bière, pas de l'eau.

— Euh... pourquoi ?

— **Parce que l'eau, ça déshydrate.**

— Je n'avais jamais pensé à ça ! »

Il faut dire que, dès qu'il arrive à la maison, en général vers sept heures du matin, je lui sers son « médicament » qui est un petit verre de bière. Il en boit juste un, parfois un et demi pendant toute la journée, et comme du reste c'est sous prescription médicale (je suis son médecin attitré !), c'est inoffensif et en plus ça... l'hydrate !

Mais ce à quoi je veux surtout en venir, est ceci, et qui est capital dans ce petit traité d'indépendance financière : les rogerismes de Monsieur Roger sont amusants et inoffensifs.

Pourtant, dans sa vie financière, ils l'ont grandement desservi.

J'ai acheté le 129 des Émeraudes il y a 20 ans, avec un prêt hypothécaire qui me permettait, même avec une mise de fonds diminutive, et le loyer fixe de Monsieur Roger, et l'augmentation des taxes, municipales et autres, de couvrir tous les frais, toutes les charges.

Je ne faisais pas d'argent, mais… je n'en perdais pas !

(Je fais abstraction bien entendu du remboursement mensuel de capital qui fit que, bientôt, je me mis à en faire. De l'argent. Si je ne l'avais pas constaté, mon comptable me l'aurait rappelé et d'ailleurs ne manquait pas de le faire, année après année : je ne pouvais pas mettre autant de dépenses reliées aux intérêts sur le paiement hypothécaire.)

À de nombreuses reprises, Monsieur Roger m'a assuré que jamais, non, JAMAIS AU GRAND JAMAIS, il ne deviendrait propriétaire, que c'était trop de soucis, et que, SURTOUT, ça ne valait pas la peine !

Je n'ai pas cru bon de lui rappeler que, à l'époque, j'étais propriétaire d'une quinzaine de propriétés ! Et j'ai encore moins cherché à le contredire, à lui prouver qu'il avait tort de penser ainsi.

De toute manière, la plupart des gens, intelligents ou pas, sont persuadés qu'ils ont raison de penser comme ils pensent… *même s'ils ont tort de penser comme ils pensent* !

Pourtant, s'il avait voulu, Monsieur Roger aurait pu facilement devenir propriétaire de la maison de ville qu'il habitait. Pendant de nombreuses années, il a touché un bon salaire de concierge dans un collège anglais, en plus de tout l'argent que je lui donnais. Et, de surcroît, l'été, il était concierge, le soir, dans un terrain de golf : il ne manquait pas de revenus, quoi !

Mais ça ne lui rentrait pas dans la tête qu'il pût devenir propriétaire.

C'était comme si ce n'était pas pour lui.

Une banque lui aurait pourtant facilement consenti un prêt.

Et comme son loyer me permettait de couvrir tous les frais, il aurait pu faire la même chose en étant propriétaire, sauf que... tous les mois, je remboursais aussi du capital, lui pas.

Pour le 129 des Émeraudes, j'avais payé une somme qui, à l'époque, me semblait importante (118 000 $) et pris une hypothèque amortie sur 20 ans.

Ces 20 ans sont échus au moment où mon coauteur et moi vous livrons nos conseils de succès financier.

Tout ce que je dois payer pour cette propriété qui n'appartient plus à la banque, mais m'appartient enfin, ce sont les taxes et les assurances, soit environ 300 $ par mois.

Elle vaut maintenant 450 000 $.

Si Monsieur Roger l'avait achetée, ces 450 000 $ feraient partie de son actif. Et ça lui coûterait donc environ 300 $ au lieu de 725 $ par mois, une économie non négligeable.

En plus, en supposant une augmentation annuelle moyenne fort conservatrice de 5 %, sa propriété gagnerait 22 500 $ beaux dollars chaque année (encore plus beaux les années suivantes, car composées) toujours libres d'impôt, en tout cas en vertu de la fiscalité canadienne qui accorde une exemption de gain de capital de 100 % sur la résidence personnelle ! Il n'y a pas de petits bénéfices !

De surcroît, il ne risquerait pas, si je vendais la propriété, d'en être évincé vu que le prochain propriétaire aurait le droit de l'habiter ou d'y loger des gens de sa famille !

Pour se trouver le même type de logement sur la même rue, Monsieur Roger devrait débourser au moins 1500 $ par mois, et plus probablement 1750 $, comme son voisin lui aussi locataire, si tant est qu'il en déniche un, car les maisons de ville ne... courent pas les rues, en tout cas pas la rue des Émeraudes, si vous me passez le jeu de mots facile.

Au moment de prendre sa retraite pour aller dans une résidence du troisième âge, Monsieur Roger aurait un joli pactole qui adoucirait ses dernières années.

À votre avis, Monsieur Roger a-t-il eu raison de rester locataire ?

Poser la question, n'est-ce pas y répondre, du moins dans ce cas ?

Une augmentation de 5 % par année peut paraître minime, mais elle est composée, ce qui veut dire que les 5 % sont appliqués chaque année sur le montant augmenté de l'année précédente. Regardez dans le tableau ci-dessous ce que ça donne ou pourrait donner pour ma propriété du 129 des Émeraudes, par une simple augmentation de 5 % par année.

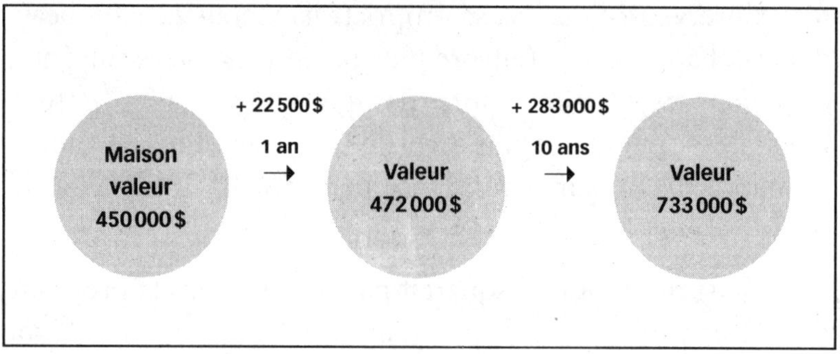

18

Lancez-vous dans une affaire qui marche... en achetant simplement votre première résidence principale !

Neuf *start-ups* sur 10 font faillite et ne survivent pas à la cinquième année de leur naissance, on l'a vu.

Non seulement échouent-elles, mais elles appauvrissent ceux qui se sont lancés dans l'aventure.

Qu'ils soient des associés, financiers, prêteurs, ou autres victimes « collatérales ».

À la dissolution de ces entreprises qui ont déposé leur bilan, en général, il ne reste rien, juste des dettes et des ennuis fiscaux et autres avec les fournisseurs et les gouvernements – *et peut-être avec l'avocat de votre partenaire qui n'en pouvait plus de vivre avec vous, vu tout le stress que vous lui causiez.*

Alors, nous posons la question : pourquoi ne pas considérer l'achat de sa première résidence principale comme... une entreprise qu'on lance ?

OUI, UNE ENTREPRISE QU'ON LANCE !

Après tout, si la propriété est « bien achetée », il en restera toujours quelque chose au bout des cinq ans souvent fatidiques aux *start-ups*, surtout si l'inflation a fait son œuvre habituelle.

Depuis des siècles, les prix ne diminuent pas : ils augmentent et souvent plus vite que les salaires, ce qui explique l'angoisse actuelle de la classe moyenne devant la flambée des prix et l'augmentation du loyer, de l'argent, que ce soit pour un prêt hypothécaire ou la location d'une voiture.

Et puis, je peux vous dire par expérience qu'il vous sera beaucoup plus facile d'obtenir un prêt privé pour l'achat d'une propriété que pour une idée « géniale », mais... risquée !

Autre conseil à ce sujet, et qui celui-là s'adresse aux parents :

De 20 à 30 ans, bien des jeunes gens dépensent facilement en loyer 120 000 $.

Cent vingt mille dollars ?

Oui, vous avez bien lu !

Cent vingt mille dollars, donc mille dollars par mois de loyer X 12 = 12 000 $ par année X 10 ans = 120 000 $

Oui, 120 000 beaux dollars jetés à l'eau, ou, comme on dit, payés dans le vide !

Des parents sympas – et qui bien entendu en ont les moyens – ne feraient-ils pas un fort beau cadeau à leur enfant, et ne les aideraient-ils pas à démarrer dans la vie en leur prêtant les sous pour la mise de fonds nécessaire à l'achat de leur première propriété ?

Prêt qui, bien sûr, leur serait remboursé – avec intérêts ou pas au moment de la vente ou du refinancement de ladite propriété.

Nous trouvons que oui.

Et aussi, soit dit en passant, c'est une manière pour les parents d'enseigner à leur progéniture les premiers éléments de l'intelligence financière.

C'est aussi une économie forcée.

Et une sorte de leçon de philosophie.

N'est-il pas plus sage d'utiliser son argent pour faire ses paiements hypothécaires plutôt que de s'acheter des vêtements griffés, le iPhone 14 Pro Max qui, avec taxes, vous appauvrit de plus de 1500 $, de se taper des restaurants extravagants ou en tout cas trop fréquents, une auto au-dessus de ses moyens ?

Si on y pense, c'est une sorte de variation de la course de rats.

Mais elle est encore plus déplorable.

Il n'y a même pas de propriété immobilière... dans la souricière dont vous voulez vous échapper !

Aussi ne devrait-on pas voir l'achat d'une première propriété immobilière, même à deux, même à trois ou quatre comme... un business qu'on lance ? Un business qui aurait bien plus de chances de réussir que 90 % des *start-ups* qui, elles, échouent, malgré les meilleures intentions du monde et toute l'huile de coude que vous avez fournie !

Mais...

19

Voyez-vous... dans 10 ans !

Dans les journaux, à la télé et sur les réseaux sociaux, on répète à qui veut l'entendre que c'est de plus en plus difficile de trouver un logement décent à bon compte.

On déplore aussi – et avec raison – que l'accès à la propriété soit devenu quasi impossible pour les jeunes, en ménage ou pas, vu la hausse des taux d'intérêt et celle du prix des maisons.

Pourtant, dans ma boule de cristal, dont la sorcière ou la fée est l'inflation, c'est selon, je vois se profiler ce spectre inévitable.

Dans 10 ans, ce sera pire.

OUI, CE SERA PIRE : les propriétés seront bien plus chères.

Regardant dans votre rétroviseur, vous vous direz : J'AURAIS DONC DÛ ACHETER IL Y A 10 ANS.

Mais arrêtez-vous et réfléchissez!

Dans le rétroviseur de l'avenir, si du moins l'expression a un sens. Et elle en a un, je crois.

Vous êtes... DÉJÀ il y a 10 ans, si vous pensez.

Je veux dire si vous avez la capacité de vous projeter dans l'avenir.

Au Canada, par exemple, il y aura probablement 10 millions d'habitants de plus, vu les politiques d'immigration.

Et, comme chacun sait ou devrait savoir, plus il y a de monde, plus l'immobilier est cher.

Ce qui est une simple conséquence de la loi de l'offre et de la demande.

Dit autrement: ce qui vous paraît cher, et même exorbitant aujourd'hui, vous paraîtra encore plus cher, plus exorbitant dans 10 ans.

Pire encore: vous aurez probablement dépensé ailleurs – dans des actifs passifs ou de mauvaises dettes (les pires avec 22 % d'intérêt sur votre carte de crédit) l'argent que vous auriez pu investir en immobilier.

Si je peux vous donner un conseil: faites en sorte de ne jamais avoir à vous dire *J'AURAIS DÛ ACHETER AVANT*!

Si vous êtes d'ores et déjà un disciple du pompier riche, faites tout pour acheter... MAINTENANT!

Plus tard vous vous féliciterez de votre décision.

Car vous verrez qu'il y a un immense avantage qui se cache dans votre décision.

C'est un des merveilleux trésors cachés de l'immobilier.

20

Pensez toujours à l'impôt – parce que lui pense toujours à vous ! ou *Le trésor caché de l'immobilier*

Un autre trésor caché dans l'achat et la vente de la résidence principale est l'avantage fiscal.

Vous DEVEZ y penser parce que l'impôt pense toujours à vous.

Au Canada, et sous plusieurs législations, l'exemption sur le gain en capital pour votre résidence principale est de 100 %.

Par contre, si vous gagnez 200 000 $ par année, que vous êtes célibataire sans enfants, vous paierez environ 75 000 $ d'impôts.

Il vous restera donc 125 000 $ et en fait beaucoup moins vu toutes les déductions sur votre chèque de paie.

Si vous réalisez un gain de capital de 200 000 $ sur votre résidence principale, il vous reste 200 000 $.

Trésor caché ou pas ?

Sur une propriété autre que votre résidence principale, l'exemption sur votre gain en capital est de 50 %.

Donc, si vous avez réalisé un gain de capital de 200 000 $, vous ne serez imposé que sur 100 000 $ et, en fonction de vos autres revenus, vous ne paierez pas plus de 54 % ou à peu près. Il vous restera donc 146 000 $ après impôts.

Pas si mal, quoi !

Aux États-Unis, même si ce n'est pas votre résidence principale, en vertu de l'article 1031 du *U.S. Internal revenue code*, vous pouvez différer toute ponction fiscale (sous certaines conditions) en rachetant une propriété de valeur égale ou supérieure.

Pas beau, ça, surtout pour les *snowbirds* !

En fait, si on sait lire entre les lignes, ou plutôt si on comprend la philosophie qui sous-tend ces dispositions fiscales, on voit qu'elles favorisent les investisseurs : normal, elles sont votées par des gens fortunés.

Qui la plupart sont... investisseurs !

On n'est jamais mieux servi que par soi-même !

Mais maintenant, passons aux choses (immobilière) vraiment sérieuses !

L'achat d'une résidence principale ou d'un duplex dont on habite un étage a son importance.

Mais pour moi, Maxime Bédard, la véritable source de richesse – et ma passion immobilière, mon « *core business* » (mon activité principale) – se situe dans le multilogement.

C'est mon but depuis toujours.

En tout cas depuis que j'ai lu *Père riche, Père Pauvre* et *Le Secret*, qui rappelle la puissance de la loi de l'attraction dans notre vie.

Une opportunité se présente alors à moi, un peu inattendue et risquée... et par conséquent inquiétante.

Je ne suis pas sûr que j'aurais fait ce *deal* si je n'avais pas été un pompier riche en devenir.

Car ce vers quoi la loi mystérieuse de l'attraction m'avait conduit était... une piquerie !

21

Quelle mouche (immobilière) m'a piqué : je fais une offre sur une... piquerie !

Gabriel Laflamme, le courtier immobilier à qui, vous vous en souvenez, j'avais demandé d'évaluer ma maison autoconstruite, me parle d'une propriété pas encore inscrite sur MLS (Multiple Listing Service) qui est un fichier centralisé de toutes les offres de professionnels pour la vente ou la location de biens immobiliers à travers le Québec.

C'était donc un *pocket listing*, comme on dit dans le jargon du métier.

Il m'assure que c'est une belle opportunité.

La vendeuse, une Chinoise qui ne vivait pas au Canada, était très motivée et voulait vendre à tout prix. Elle lui confiait le mandat de le faire – le plus vite possible !

Mais... c'était un huit logements vacants !

Pas de quoi provoquer la salive d'un investisseur prudent – et qui sait compter.

Ni la salive des banquiers !

Car comme chacun sait, ce n'est pas leur tasse de thé, un immeuble vacant – et les banques ne vous prêteront jamais pour ce type de propriété, pas plus que pour les propriétés où on a fait pousser du pot, je veux dire de manière commerciale et illégale.

D'autant que, pour faire un portrait plus exact – et plus sombre ! – ledit huit logements était devenu une... piquerie !

De quoi très certainement décourager – et donner envie de vendre – à sa propriétaire.

Qui de surcroît n'avait pas d'entreprise de gestion au Québec.

Et son hypothèque était importante – et très lourde : 780 000 $.

Et d'autant plus lourde qu'elle n'avait pas de revenus, juste des dépenses : paiements hypothécaires mensuels, taxes, assurances... Assurances qui, soit dit en passant, sont beaucoup plus élevées quand l'immeuble est vide. Et si c'est une piquerie, souvent les assureurs refusent d'assurer ou, en cas de sinistre, ne paient pas – quand ils découvrent la vérité ! Et, en général, ils la découvrent.

On visite la propriété.

On y a aperçu des seringues usagées, des squatters qui y avaient trouvé refuge, un ou deux drogués, des prostituées...

J'étais pompier, je pouvais les repérer.

Malgré toutes ces découvertes inquiétantes, on a fait une offre, prudente, qui permettait à la propriétaire de se débarrasser de son plus gros problème : son hypothèque de 780 000 $.

Elle a accepté avec plaisir et soulagement notre offre de... 780 000 $!

Il faut dire qu'on était prêts à acheter rapidement et sans condition.

D'autant que, après nos analyses, et pour s'assurer de faire un profit à l'achat nous étions prêts à payer 900 000 $, puisque le bâtiment et son emplacement représentaient un excellent potentiel.

Location, Location, Location !

Emplacement, emplacement, emplacement !

Pour jouer *safe,* nous avions déjà appelé une compagnie environnementale pour quantifier le risque de contamination du sol.

Nous étions donc super bien préparés !

Ce qui évite bien des surprises désagréables.

Pas toutes, mais... la plupart !

(Voir à ce sujet l'avant-dernier chapitre qui vous fera découvrir un millionnaire étonnant, Bernard Casavant... qui, comme un joueur d'échecs, prévoit toujours plusieurs coups à l'avance avant de faire son prochain coup !)

Donc 780 000 $, c'était une bonne affaire.

Comme on l'a dit (mais la répétition est un des meilleurs professeurs, non ?), il faut faire son profit à l'achat. Ce qui donne de meilleures chances de revendre... avec profit, ce qui est le but premier... et dernier en immobilier !

J'avais 100 000 $.

Mon partenaire avait lui aussi 100 000 $.

J'ai emmené un troisième partenaire qui était prêt à avancer la même somme, soit 100 000 $ Et qui, en plus, chose fort utile, pour ne pas dire nécessaire avec ce genre de propriétés, nous a fait rencontrer un prêteur privé.

Ce qui nous a permis d'effectuer la transaction rapidement.

Il nous a en effet prêté les 480 000 $ nécessaires pour finaliser l'achat du 8 logements... vide et mal fréquenté, vu les seringues, les squatters, et cetera : aucune banque ne nous aurait prêté un sou.

Le taux du prêt n'était peut-être pas usuraire, mais... presque : 11 % !

À l'époque, les banques exigeaient environ 3 % pour un prêt conventionnel.

C'était donc grosso modo 4 fois plus cher.

Et il y avait aussi des frais de transaction ou de commission de 1,5 % du montant total à payer au prêteur privé, donc 7200 $.

Pourtant même si le loyer de l'argent était élevé, il fallait surtout regarder (avec intelligence financière) le profit qu'on pouvait faire avec ce prêt – et qu'on n'aurait pas pu faire autrement.

En conséquence de quoi, nous sommes allés de l'avant.

C'était une trop bonne affaire, du moins de la manière dont on la voyait, avec nos yeux optimistes et réalistes, les meilleurs yeux en affaires.

Nous avons donc payé 780 000 $ l'immeuble de 8 unités.

Nous avons le plus rapidement possible rénové et loué tous les appartements, et ce, en 7 mois.

On pouvait alors refinancer avec un prêteur conventionnel. Lisez : une banque, car le taux du prêt initial était beaucoup trop élevé, à 11 % !

En plus, dans ce type de prêt, il n'y a pas de remboursement de capital chaque mois, comme avec un prêt conventionnel.

À la banque, nous avons forcément obtenu beaucoup mieux.

Il y a eu 3 refinancements, échelonnés sur une période de 3 ans.

1re année : 1 450 000 $

2e année : 1 725 750 $

3e année : 2 208 000 $

1. Pour ne pas trop vous ennuyer avec les chiffres – même s'ils sont importants et excitants – au bout de cette première aventure dans le domaine du multilogement, et après le dernier refinancement, mon partenaire et moi, dans Wings, nous nous sommes retrouvés dans la sympathique situation financière suivante : 621 000 $ se sont retrouvés dans notre compte. (Pas un cadeau de la banque, mais le fruit du refinancement, vous le comprenez maintenant.) Six cent vingt et un mille dollars que nous pourrions utiliser pour nos prochaines emplettes immobilières.
2. Chaque mois, cette propriété générait 3916 $ en cash-flow.
3. Et, merveilleuse cerise sur notre *sundae* immobilier, le 8 logements vides, ancienne piquerie, que nous avions payé 780 000 $, avait maintenant une JVM (juste valeur marchande) de 2 830 000 $.

OUI, VOUS AVEZ BIEN LU : DEUX MILLIONS HUIT CENT TRENTE MILLE DOLLARS !

En passant, nous nous sommes séparés de notre premier partenaire, lui rachetant sa mise initiale, avec un profit sympathique pour lui de 125 000 $.

Une bonne affaire pour nous, comme la suite des choses l'a démontré.

Pourtant au début, ça m'a chagriné et déçu.

Mais ma voyante Denise m'a fait comprendre, lorsque je lui ai parlé de ma déception : « Il t'a aidé à accomplir ton rêve. Tu dois donc en être reconnaissant. Et dire merci à la Vie ! »

Je dois admettre que sa sagesse me prenait un peu au dépourvu.

Pourtant, elle avait raison : je souffrais simplement de courte vue !

Sans ce troisième partenaire, mon partenaire de Wings et moi n'aurions pas pu faire le *deal* qui a vraiment lancé ma carrière et a fait de Wings ce qu'elle est devenue.

Il y avait aussi un autre ingrédient fort important de cette « chance » immobilière...

22

Voyez le deal *que les autres ne voient pas !*

L'art de réussir – en immobilier comme dans tous les domaines – consiste bien souvent, tout simplement... À VOIR LE *DEAL* QUE LES AUTRES NE VOIENT PAS.

En fait – et ça tombe sous le sens – si tout le monde voyait les *deals*, tout le monde serait millionnaire ou mieux encore milliardaire.

Mais moi, simple pompier de mon état et pas diplômé de Harvard Business School, pourquoi ou si vous préférez comment avais-je vu ce *deal* que personne n'avait vu avant moi ?

Peut-être parce que, tout simplement... j'en cherchais un ! OUI, JE CHERCHAIS UN *DEAL* !

Je ne voulais pas me contenter de mon salaire de pompier – pourtant bon.

Et je ne voulais pas « écouter » la télévision trois heures par jour comme tout bon Américain, drogué, ravi, gavé de téléréalités qui lui font oublier sa réalité de personne qui travaillera jusqu'à sa mort, car elle ne fait pas d'argent en dormant.

Je ne voulais pas non plus perdre du temps à me faire croire que j'étais une star avec ses 15 minutes de fausse gloire par jour, en passant pour en être sûr trois heures sur Facebook ou Twitter !

J'OCCUPAIS PLUTÔT MES TEMPS LIBRES À TENTER D'ACHETER MA LIBERTÉ FUTURE.

Je cherchais un *deal* que j'aimerais, pas un ou mille *likes* qui m'appauvriraient, me feraient oublier l'essentiel en me donnant des illusions de gloire, et que ma petite personne intéressait le plus grand nombre. Comme mon oncle ou mon voisin raseur, qui croit m'intéresser en me montrant ses fascinantes photos de vacances à Old Orchard ou Acapulco, avec sa grosse bedaine, sa téquila et son sombrero !

Peut-être, si je cesse d'être pamphlétaire, trouvez-vous un *deal* parce que votre désir de dénicher une bonne affaire... attire la bonne affaire, la fait littéralement « apparaître » sur votre chemin.

Car le désir comme chacun sait – ou devrait savoir s'il veut réussir en affaires – est une baguette magique.

Certains appellent le désir la loi de l'attraction : lisez ou relisez *Le Secret*, de Rhonda Byrne !

Mais pour ATTIRER, il faut d'abord DÉSIRER.

Mais, pour ATTIRER, il faut d'abord CROIRE qu'on peut ATTIRER.

Tout ce qu'on veut attirer dans sa vie.

Et croire qu'on le mérite, qu'on y a droit, malgré peut-être notre peu d'instruction, de mauvais parents, de mauvais amis, de mauvais partenaires de vie.

En être sûr...

À 100 %.

Pas à 50 %.

Parce que ça veut dire qu'on n'y croit qu'à moitié.

Et si on y croit qu'à moitié, on n'y croit pas vraiment.

On ouvre alors la porte au DOUTE, ennemi sournois, et, par la même occasion, qui va main dans la main avec l'échec.

Oui, il faut être sûr qu'on peut attirer tout ce qu'on veut dans sa vie. Et que ce n'est qu'une question de temps avant que ça arrive : je sais, il y a parfois un petit délai de... livraison, si j'ose dire !

Mais revenons à mon partenaire et moi, dans Wings...

Nous avions assez bien tiré notre épingle du jeu, je crois, dans le *deal* improbable de la piquerie.

Et ce n'était qu'un début.

Vous en voulez la preuve par A+B ?

Mieux encore, vous voulez savoir comment faire 1 449 000 $ sans trop forcer et en continuant d'exercer votre métier ?

P.-S. Il me faut ajouter ceci : le secret du succès en affaires est 1. De voir un *deal* que les autres ne voient pas. 2. D'oser foncer, ce que la plupart des gens ne font pas.

23

Comment faire 1 449 000 $ sans trop forcer – et en continuant d'exercer votre métier

Janvier 2020 – 16 h

Il fait très froid, et il neige.

Mais ça ne me refroidit pas quand un ami courtier immobilier m'appelle pour m'informer qu'il a un 12 logements à vendre.

Il est vide et délabré.

Ce qui a... refroidi l'acheteur précédent qui avait fait une offre conditionnelle à l'inspection, mais s'est retiré aussitôt après.

Le vendeur est donc motivé : ma sorte préférée, je l'avoue, car il est prêt à négocier, à entrer sur le parquet de danse !

Il faut battre le fer quand il est chaud... même en janvier, au début de l'hiver !

Je confirme au courtier que mon partenaire et moi sommes partants : nous irons visiter la propriété le lendemain matin.

Je n'avais pas encore vérifié avec mon partenaire, mais lorsque je le joins, je lui mentionne que le père Noël est passé en retard cette année, soit en janvier au lieu de décembre. Mais il doit se manier pour recevoir son cadeau imprévu. Il me rejoint une heure plus tard au bureau pour que nous analysions ensemble le projet. Il a, pour ce faire, annulé sur-le-champ tous ses autres engagements.

Prévoyants, nous nous rendons sur place pour voir le secteur et l'immeuble avant même de le visiter. Nous restons par la suite au bureau jusqu'à 2 h. Précautionneux, nous appelons notre prêteur privé pour vérifier avec lui s'il est partant. Il l'est.

Le lendemain, la visite nous a fait rire.

Mais jaune !

Les tuyaux de plomberie étaient brisés, l'eau nous coulait littéralement dessus. Le sous-sol était quasiment inondé.

Il y avait des excréments d'animaux sur les planchers, et une odeur d'urine de chien rendait l'air quasi irrespirable. L'horrible portrait n'est pas complet : les cuisines étaient en piteux état, les pièces très mal divisées pour des 4 ½.

À notre étonnement, un des logements servait d'entreposage à une ancienne locataire qui ne payait plus son loyer depuis un an.

Malgré l'état piteux de l'immeuble, nous avons fait une offre rapide et audacieuse.

Avec les conditions ou... absence de conditions suivantes :

- pas d'inspection
- sans garantie légale de qualité, aux risques et périls de l'acheteur

- financement avec prêteur privé rapide
- pas de vérification de document.

La négociation a duré quelques jours.

Le vendeur voulait 1 250 000 $.

Il a accepté 1 150 000 $.

Voici les autres chiffres :

- mise de fonds : 410 000 $
- rénovations + main-d'œuvre : 910 000 $

Autres frais professionnels et intérêts sur le prêt privé : 144 000 $

Coût total du projet : 2 204 000 $

- JVM (juste valeur marchande) actuelle avec évaluation agréée en 2022 : 3 653 000 $

Équité (ou richesse) créée en seulement 5 mois vu la rapidité des travaux : 3 653 000 $ – 2 204 000 $ = 1 449 000 $.

J'avais donc fait 1 449 000 $ sans trop forcer...

Ou, pour vous dire la « vérité vraie », en forçant quand même « un peu beaucoup », en prenant des risques, et en travaillant fort.

Et bien sûr, en prenant les bouchées doubles, car je continuais d'exercer mon métier de pompier...

VOUS, avez-vous fait récemment 1 449 000 $... en continuant d'exercer votre métier, donc... en plus de votre salaire ?

Pour vous aider à réaliser cet exploit, vous voulez découvrir notre méthode ?

24

Notre méthode d'enrichissement immobilier à mon partenaire et moi dans Wings

Notre méthode d'enrichissement immobilier est simple et tout le monde, je crois, peut l'appliquer.

1. Acheter des immeubles à bas prix, même s'ils sont dédaignés par d'autres investisseurs, vu qu'il y a trop de travail à faire...
2. Rénover le plus rapidement et au meilleur coût possible.
3. Refinancer le plus vite possible et en obtenant le maximum.

NOTRE MÉTHODE AYANT FAIT SES PREUVES, NOUS SOMMES ALLÉS DE L'AVANT

Nous étions persuadés que nous tenions une formule gagnante, même si elle demandait plus d'huile de coude que d'autres comme celle qui consiste à acheter du « neuf », comme on dit en jargon immobilier ou encore de faire construire.

Au bout de quelques années, mon partenaire et moi, dans Wings, nous pouvions fièrement afficher les chiffres suivants, en date de juin 2023 :

1. Cash-flow annuel de 215 435 $.
2. Remboursement de capital (ce qui nous enrichit sans rien faire, car ça augmente notre équité, qui est la différence entre votre solde hypothécaire et la valeur marchande de votre propriété ou celle au moment de sa vente) 164 837 $.
3. Appréciation de nos immeubles, basée sur un taux annuel fort conservateur de 3 % : 413 198 $.

   Pour un TOTAL ANNUEL D'ENRICHISSEMENT DE 793 462 $. Nous sommes deux dans WINGS, donc mon enrichissement annuel est, en 2023, de 793 462 $ divisés par deux soit 396 731 $.

   396 731 $ divisés par 52 = 7629,44 $ par semaine... en plus de mon salaire !

   Oui, je fais actuellement plus que ce qu'annonce mon sous-titre qui vous a peut-être paru audacieux.

   JE FAIS 7629,44 $ PAR SEMAINE EN PLUS DE MON SALAIRE.

Et tout ça en moins de 10 ans et pendant que je demeurais... pompier à temps plein.

Mais je sens l'objection spontanée qui vous vient : « Je ne suis pas pompier, moi ! »

P.-S. En immobilier comme en général en affaires, il faut savoir faire face aux imprévus : il y en a presque toujours même si on est bien préparés. Nous n'avons pas échappé à cette règle, mes partenaires et moi lorsque nous avons acheté la piquerie sans locataire : sauf des junkies.

Comme il arrive depuis que les Romains ont voulu bâtir le Colisée – de Rome – et, avant eux, les Égyptiens les pyramides d'Égypte – il y a eu des délais et des dépassements de coûts. En conséquence de quoi, mes partenaires et moi avons dû trouver 300 000 $ de plus. Rapidement. Mais on l'a fait. En effectuant toutes sortes de pirouettes.

Mais, m'objecterez-vous, vous n'avez pas la chance d'avoir un horaire de pompier – avec toute sa liberté...

J'ai de bonnes nouvelles pour vous...

25

Vous n'êtes pas pompier – et après ? Vous pouvez quand même devenir un... « pompier » riche !

Un pompier a un horaire atypique, du moins comparé à celui de la plupart des travailleurs.

Il fait souvent en 7 jours, à raison de 24 heures par jour, la tâche de tout un mois, donc 168 heures de travail. Une semaine de 40 heures, 4 fois par mois, ça fait 160, plus quelques heures puisque 4 fois 7 ne font que 28 jours.

Mais, grosso modo, un pompier, du moins celui qui a mon horaire depuis 2 ans, fait en 7 jours à raison de 24 heures par jour, dispersées dans le mois, la charge de travail mensuelle de la plupart des travailleurs qui ne sont pas pompiers.

Moi, s'il y a des choses dont je ne raffole pas dans mon métier, ce n'est certainement pas mon horaire.

Pourquoi ?

Il me permet de déployer mes ailes financières.

Il me laisse, il... ne me « vole » pas la denrée la plus précieuse : le temps.

Aussi ai-je toujours résisté à la tentation – sauf en cas d'urgence absolue et de manque d'effectifs dangereux – de faire des heures supplémentaires, même payées temps et demi, même payées temps double.

Et je crois que vous devriez en faire autant.

J'estime que c'est un mauvais placement que de vendre son temps.

Même à un taux horaire élevé, ce n'est jamais aussi payant que... d'acquérir des actifs féconds.

Chaque semaine, vous ne pouvez travailler qu'un nombre d'heures limité.

Et, sauf erreur, vous ne pouvez travailler quand vous dormez, alors que vos actifs féconds le font.

En conséquence de quoi, tout mon temps libre est consacré à faire de moi un pompier riche.

À...

1. tenter de faire de nouveaux *deals*.
2. développer mon intelligence financière.

Vous me direz que j'ai de la chance – que rares sont les métiers qui laissent à ceux qui les exercent autant de liberté, de temps... libres.

Mais il y a d'autres métiers qui offrent cette liberté – ou presque !

Par exemple si...

Vous êtes instituteur, vous avez en général 4 mois de vacances par année, et votre journée de travail est en général finie à 16 h !

Fonctionnaire ?

Vous connaissez sans doute cette histoire dans laquelle deux gamins se disputent au sujet de la rapidité de leur père.

L'un dit : « Moi, mon père est l'homme le plus rapide du monde. Il tire une flèche de son arc et il l'attrape avant qu'elle ne touche la cible. »

Plié en deux, peu impressionné, l'autre se targue :

« Moi, mon père est encore plus rapide que ton père. Il est fonctionnaire. Il finit à 16 h et il arrive à la maison à... 15 h !

Euh...

Lorsque Marc Fisher habitait Notre-Dame-de-l'Île-Perrot, son voisin, Gilles Gaulin, infirmier de son état, avait une concession Napa Autopro.

Il a continué à exercer les 2 emplois pendant au moins 10 années, ce qui lui a permis, soit dit en passant, d'avoir droit à une fort sympathique retraite comme infirmier.

Il a aussi acheté le centre commercial où était sise sa concession. Pour ce faire, il a demandé à l'auteur du *Millionnaire paresseux* son avis immobilier. Ce dernier lui a prédit que ce serait le meilleur placement qu'il pouvait faire à ce moment de sa vie, car *il se paierait le loyer qu'il payait depuis 10 ans à un autre* ! Il a payé ce minicentre d'achats – qui avait de très fiables locataires, dont lui – 750 000 $. C'était une somme à l'époque, d'où son inquiétude et son souci de valider son audace auprès de mon coauteur. Il vaut aujourd'hui 3 millions, et est libre de toute hypothèque. Pas un trop mauvais placement, non ?

Depuis la cinquantaine, Gilles Gaulin est un « pompier riche » ou, si vous préférez, un... infirmier libre !

Si libre qu'il a cessé d'être infirmier : il travaille à son garage fort lucratif seulement dans les mois d'été, ayant le luxe de passer avec sa femme Johanne les mois d'hiver en Floride, car ses fils s'occupent du garage en son absence.

Donc, infirmier comme Gilles Gaulin, l'ancien voisin de mon coauteur, instituteur (comme Stephen King) ou jeune investisseur (comme Phil Knight), vous pouvez devenir un « pompier riche ».

Au fond, peu importe votre métier, vous avez toujours assez de temps pour devenir un pompier riche.

P.-S. L'Américain moyen passe une quarantaine d'heures par semaine sur les réseaux sociaux ou devant sa télé. Pour sortir de la classe... moyenne, il pourrait occuper ces heures (en tout ou en partie) à acquérir des actifs féconds. Tout est question de choix et/ou de discipline dans la vie : rares sont ceux qui font fortune sans faire quelques sacrifices. Pensez à Phil Knight et Stephen King ! Cumulant deux emplois, ils n'avaient bien évidemment pas le temps d'écouter la télé à leurs débuts, et bien entendu les réseaux sociaux n'existaient pas encore. Inspirez-vous de leur exemple ! Ensuite vous aurez tout le temps libre du monde !

Les affaires, surtout au début, demandent de la discipline. Et de bons nerfs ! Comme certains sports individuels.

Vous voulez savoir ce que dit Tiger Woods de son sport ?

Ça vous sera fort utile, je crois, pour mieux réussir en affaires.

26

La leçon d'affaires de Tiger Woods

Le monde des affaires, c'est beaucoup comme le sport professionnel.

Tout le monde veut la même chose : le trophée, le premier prix, la bourse, le record... mondial, national ou en tout cas local : mais au moins... le record !

Et tout le monde sait au départ que... ce n'est pas tout le monde qui va l'avoir !

Dans mon domaine, l'immobilier, tout le monde veut aussi la même chose, donc le bon *deal.* Mais pour l'avoir ou le trouver, il faut parfois jouer des coudes, faire preuve d'audace, de ruse, de psychologie, d'imagination.

Et même quand on est seul sur un *deal*, il faut aussi des nerfs, et savoir se fier à son jugement, à ses analyses, à ses prédictions.

En effet, bien souvent on se demande, visité par l'Ange du Doute :

Comment se fait-il que personne d'autre ne s'intéresse à ce deal *? S'il était si bon, ne se bousculerait-on pas au portillon* ?

La vérité est qu'il reste toujours un risque, une part d'inconnu – et donc un stress.

Tiger Woods, qui a remporté 15 tournois majeurs et a été plusieurs années d'affilée le n° 1 mondial, écrit dans son livre *Comment je joue au golf*, au chapitre 10, intitulé LES JEUX DE L'ESPRIT, avec, comme sous-titre instructif, *une psychologie gagnante* :

> « Au golf, il faut savoir tirer profit des occasions qui se présentent à nous en faisant le moins d'erreurs possible.
>
> Ce qui en fait un jeu de l'esprit. »

Un jeu de l'esprit...

Comme les affaires...

Où... « *il faut tirer profit des occasions qui se présentent à nous en faisant le moins d'erreurs possible* ! »

Le grand golfeur gagnant de 109 tournois poursuit de la sorte :

> « Cela s'exprime en moi par une sorte d'intuition qui me permet de voir certaines choses que d'autres ne verront pas, une façon inusitée d'aborder un coup. »

Une sorte d'intuition !

Qui permet de voir certaines choses que d'autres ne verront pas...

Comme en affaires... un *deal* !

Tiger nous révèle un peu plus loin des observations de grande valeur psychologique au sujet de l'intuition – choses toutes utiles pour le succès en affaires :

> « Il est évidemment important de pouvoir exécuter physiquement ces coups que notre esprit envisage, mais il reste que cette intuition, cet esprit créatif est le plus grand atout du golfeur. [...] L'aspect psychologique du golf va bien au-delà de la simple gestion de parcours : c'est une épreuve de courage, de confiance en soi, où l'on se voit confronté aux démons de nos échecs et succès passés. [...] C'est à mon père que je dois mon attitude mentale positive. Le golf ne sied pas aux esprits fragiles. »

On pourrait dire la même chose des affaires.

Il faut du courage, de la confiance en soi pour se lancer.

Mais il faut aussi de la ténacité, de la résilience, pour rester en affaires !

Les affaires ne conviennent pas aux esprits fragiles. Plus loin, Tiger conclut – et ça s'applique parfaitement aux gens d'affaires : « Je refuse catégoriquement de succomber à mes angoisses, qu'elles soient ou non fondées. Tout compétiteur, moi y compris, ressentira un certain degré d'anxiété avant une partie. C'est un phénomène tout à fait normal. Ce qui l'est moins c'est de ressentir une peur panique. Certains golfeurs sont même terrifiés à l'idée de gagner ! J'ai peine à imaginer cela ! »

Dans Wings, mon partenaire et moi, évidemment, ne sommes pas terrifiés à l'idée de gagner.

C'est plutôt l'idée de perdre – des sous et du temps – qui nous terrifie !

Mais pour éviter autant que faire se peut les erreurs souvent fatales dans les débuts de carrière, mon partenaire et moi avons établi une procédure pour répondre aux questions capitales que se pose tout investisseur immobilier digne de ce nom.

1. J'achète ou je n'achète pas ?
2. Si oui, à quel prix et quelles conditions ?
3. Quels sont nos risques ?

27

To buy or not to buy, that is the question ! *(Acheter ou ne pas acheter, voilà la question.)*

Parfois – en fait presque toujours, surtout dans les débuts qui déterminent souvent la suite des choses – on se pose des questions.

On se pose… LA question !

J'achète ou je n'achète pas ?

Avec Wings, mon entreprise, on se pose évidemment la question, mais aussi… toutes les autres questions qui vont avec LA question !

On a notre grille d'analyse, nos critères.

On pense P-R-É-P-A-R-A-T-I-O-N !

Pour ce faire, on établit systématiquement 3 scénarios :

1. pessimiste.
2. réaliste.
3. optimiste.

Si nous « pouvons vivre » avec le pire scénario, le scénario pessimiste... nous achetons !

On tient aussi compte dans notre préparation, qui est le nerf de la guerre (ou du succès immobilier), de ces 8 critères :

1. Valeur marchande la plus probable.
2. Potentiel d'augmentation possible selon le zonage, les bâtiments avoisinants et l'avis de nos conseillers en architecture urbaine, les projections de croissance démographique : plus il y a de monde, plus les loyers augmentent, l'offre s'ajustant forcément à la demande. Il est plus facile d'avoir 3000 $ par mois à New York pour un 3 et demi que 1000 $ à Saint-Jérôme pour un 5 et demi ! Proximité du métro et du transport en commun. En général, les quartiers où les grandes surfaces (Costco, Walmart, Réno-Dépôt, etc.) commencent à s'établir ont un fort potentiel : ces grandes chaînes ont dépensé des dizaines de milliers de dollars en études de marché pour déterminer les secteurs avec grand potentiel de croissance démographique : vous utilisez intelligemment (et gratuitement !) leurs études de marché et en tirez profit.
3. Analyse des dépenses de l'immeuble avec la question capitale : peuvent-elles être réduites ?
4. Analyse des revenus potentiels avec la question qui tue : peuvent-ils être augmentés, quel est le maximum qu'on peut en tirer ?

5. Peut-on ajouter des services – qui augmenteront la valeur de la propriété ?
6. Budget de rénovations ou de construction avec contingences.
7. Une fois le projet complété avec rénovations, quelle est la JVM (juste valeur marchande) ?
8. Quel sera le montant de refinancement avec toutes les conditions et contingences liées au nouveau prêt ?

On évalue ensuite, souvent selon nos plans d'expansion, l'évolution du marché, nos besoins de liquidités, si on veut vendre la propriété ou la conserver, la louer et laisser le temps – et l'inflation ! – faire son œuvre, souvent aidée par la plus-value en raison du développement du quartier, causé par exemple par de nouvelles routes, bouche de métro, écoles, arénas, etc.

Aussi, *modus operandi* important, comme on visite le bâtiment avec nos propres experts, et qu'on peut évaluer les coûts de rénovation ou réparation, on ne se soucie pas trop qu'il y ait des fissures dans la fondation, des problèmes avec la toiture. Comme on sait où on s'en va (en se prenant bien sûr toujours une marge d'erreur pour les imprévus ou les dépassements de coûts), on est assez expéditifs, et on achète souvent comptant sans inspection conditionnelle. Une seule visite nous suffit ! Aussi les courtiers nous aiment-ils (CE QUI EST FORT IMPORTANT QUAND VOUS VOULEZ FAIRE FORTUNE DANS CE MÉTIER) et ont tendance à nous présenter en priorité leurs nouvelles inscriptions, souvent avant même de les mettre sur MLS, donc de les rendre publiques. C'est un grand avantage dans notre business parce que les bons *deals* s'enlèvent vite, et restent rarement longtemps sur le marché.

Oui, les courtiers nous aiment parce que, en affaires, tout le monde... aime quand les choses se passent vite, qu'il n'y a pas de perte de temps : le temps, c'est de l'argent !

Autre avantage que nous avons sur la plupart des investisseurs : que le terrain soit contaminé ou pas ne nous arrête pas, ce qui pourtant arrête bien des acheteurs, car... ça arrête bien des banques, sinon toutes les banques !

Du même coup, comme il y a moins de demandes, ça multiplie nos chances de faire de bons *deals* parce qu'il y a moins d'acheteurs !

De plus, étant courtier immobilier de formation, ayant accès au système MLS (*multiple listing system*) qui me permet de regarder tous les comparables, les ventes récentes, je les apporte avec moi au courtier inscripteur ou au vendeur, s'il se représente lui-même. J'ai donc fait tout le travail pour le courtier, ce qui ne lui déplaît pas, bien au contraire, et je peux plus facilement convaincre le vendeur, prévenir et surmonter ses objections.

Ça fait sérieux, quoi !

Ça n'a pas l'air d'une offre lancée en l'air, d'un lapin sorti du chapeau d'un magicien !

En plus, ça démontre – ce qui est très important – du respect à l'endroit du vendeur.

P-S-Y-C-H-O-L-O-G-I-E 101

Même si on parle d'argent, la psychologie est souvent plus importante qu'on ne pense pour conclure une transaction immobilière.

Et puis, avantage de négociation non négligeable, c'est souvent une manière de démontrer – chiffres et analyses à l'appui – que la propriété vaut moins que ce que croit ou espère le vendeur.

Ça l'ébranle souvent, et ça fait fondre ses résistances, ses exigences.

Et parfois aussi elle vaut plus, mais c'est rare.

Encore une fois... P-R-É-P-A-R-A-T-I-O-N !

Pourtant, malgré ma préparation soigneuse, je ne ferme pas complètement la porte à mon flair, à mon intuition :

J'y vais quand même avec mon *gut feeling*, mon instinct, qui me vient peut-être de mon subconscient, des objectifs que je me suis fixés : de la loi de l'attraction, en somme.

Pourtant, je me mets toujours un STOP.

Oui, je veux dire, comme c'est un placement (et non pas une résidence principale où les sentiments peuvent entrer en ligne de compte), j'arrête à un certain moment, à un certain prix qui ne me semble pas raisonnable.

Tu ne peux pas faire un *deal* par orgueil ou par obstination, parce que tu veux absolument l'avoir, en payant par exemple 20 % de plus que ce que valait la propriété quand tu as fait tes devoirs.

Et il faut toujours les faire et s'en tenir à leurs conclusions.

P-S-Y-C-H-O-L-O-G-I-E !

Qui, dans ce cas-ci, ne sert pas contre le vendeur, mais... pour l'acheteur !

Qui a su mettre un STOP à ses possibles débordements.

C'est bien sûr décevant qu'une offre d'achat échoue – vu en partie le temps de préparation qu'elle a demandé.

Mais rien n'est perdu.

On a appris.

Sur un secteur.

Sur un type de propriété.

Comme a dit Shad Helmstetter : « Apprendre, c'est déposer de l'or dans la banque de son esprit. »

Devant un échec, je philosophe ainsi : « Comme tu es programmé hyper positivement, que tes objectifs sont clairs et sans contradictions, c'est sûrement ton génie intérieur qui t'a détourné de ce *deal.* » Merci la Vie ! quoi, comme on entend souvent dans d'autres circonstances. Merci le génie de ma lampe d'Aladin ! »

Je tourne vite la page, je passe à autre chose sans me sentir catastrophé : *you miss a deal, you... get a deal,* comme disent les Américains.

Tu rates une affaire, tu... obtiens une affaire.

Il y a toujours d'autres *deals*, d'autres occasions.

On « avance par en avant », pas... par en arrière !

Ensuite, une fois le projet complété dans sa construction ou rénovation et toutes les améliorations possibles, puis sa location au plein potentiel, la décontamination du terrain si nécessaire, on passe à l'étape suivante, la plus importante pour notre progression.

On passe au refinancement et ses vertus, comme j'ai expliqué précédemment.

Mais il y a un outil de richesse peut-être encore plus important et qui a ses vertus dans tous les domaines – donc pas seulement en immobilier.

C'est peut-être le plus grand levier vers l'indépendance financière – même si vous êtes né pauvre et sans diplôme !

Voyons dans le chapitre suivant quelle est cette arme extraordinaire, si du moins on sait s'en servir intelligemment.

Avec le mélange idéal de réalisme et de magie !

28

L'objectif peut beaucoup pour vous... si vous savez vous en servir !

Woody Allen a eu ce bon mot :

« Si seulement Dieu pouvait m'envoyer un signe ! Comme faire un gros dépôt à mon nom dans une banque suisse. »

On rit parce que le célèbre humoriste dit aussi ce que tout le monde pense sans n'avoir jamais osé se l'avouer : tout le monde veut devenir riche comme par magie, ou, si vous préférez, par une intervention miraculeuse de... Dieu !

Mais pas besoin d'être un grand génie pour comprendre que ce n'est pas la manière la plus sûre de devenir riche, ni même, plus modestement, de faire 500 $, 1000 $ ou 5000 $ par semaine – *en plus de votre salaire !*

Il y a une différence – et elle est immense ! – entre se fixer un objectif et... souffrir de pensée magique !

Comme Woody Allen fait semblant de le faire dans son mot d'esprit.

Dans ses *Oprah's Life Class*, la célèbre animatrice afro-américaine milliardaire, partie de rien, abandonnée par son père, sa mère, et élevée par sa grand-mère à partir de trois ans, interviewe Jim Carrey, star immense qui lui raconte ses débuts modestes – et surtout ses objectifs.

D'entrée de jeu, elle lui dit – c'est moi qui traduis et résume :

« De toute évidence, Jim, vous aviez à l'intérieur de vous la certitude que vous étiez destiné à devenir célèbre. Vous aviez comme habitude de rouler sur Mulholland Drive et de vous visualiser, de vous voir habiter ce quartier. »

(Mulholland Drive est une artère célèbre de Los Angeles avec vue panoramique sur plusieurs quartiers, mais c'est surtout une avenue qui conduit à Beverly Hills, Bel Air, les quartiers les plus cossus de la capitale du cinéma ! Il y a Malibu aussi, mais je n'écris pas ici un guide touristique !)

Inspirant, Jim Carrey réplique :

« Oui... [...] Je me suis même écrit un chèque de 10 000 000 $ que j'ai mis dans mon portefeuille et daté dans trois ans. [...]»

ET VOUS, VOUS ÊTES-VOUS DÉJÀ ÉCRIT UN CHÈQUE DE 10 000 000 $ OU MÊME DE SEULEMENT 1 000 000 $ OU MÊME DE SEULEMENT 100 000 $ – que vous avez mis dans votre portefeuille avec une date pour pouvoir l'encaisser ?

Jim Carrey philosophe intelligemment de la sorte :

« Bien sûr, il ne suffit pas de s'écrire un chèque et d'aller manger un sandwich. Il faut travailler. [...] Mais au bout de trois ans, presque jour pour jour, j'ai reçu une offre de... 10 000 000 $ pour *Dumb and Dumber.* »

C'est magnifique, je sais.

Mais...

Comme pompier riche – et vous ne vous en étonnerez sans doute pas –, je dois prêcher la prudence.

Jim Carrey avait un talent exceptionnel.

Grande prestance, sourire triomphant, talent à revendre.

Je sais, Napoleon Hill a décrété, dans son inusable best-seller *RÉFLÉCHISSEZ ET DEVENEZ RICHE*: « Tout ce que l'esprit peut concevoir et croit qu'il peut accomplir, il peut l'accomplir. »

Mais...

Supposons, pour les fins de notre démonstration, que vous soyez citoyen américain et que vous vouliez devenir le prochain président des États-Unis.

Petit problème avec la magie et surtout l'omnipuissance (fallacieuse) de l'objectif: il n'y a qu'un président tous les 4 ans ! Et il y a plus de 350 000 000 d'Américains !

Et s'il y a 10 candidats à la présidence, il n'y en aura qu'un sur 10 qui sera élu, même s'il y croit dur comme fer au pouvoir infini de l'objectif.

Donc il y en aura 9 de déçus !

Dans *Dumb and Dumber*, Jim Carrey, qui a eu un coup de foudre pour une jolie rouquine, lui demande (c'est moi qui traduis et résume) :

« Quelles sont mes chances avec toi ?

— Pas très bonnes.

— Qu'est-ce que tu veux dire : pas très bonnes ? Comme une chance sur 100 ?

— Non, plus comme... une chance sur un million. »

Après une hésitation – et une déception –, il réfléchit et conclut stupidement (normal : il est le héros de *La Cloche et l'Idiot !*) :

« Alors, ce que tu me dis est que... j'ai une chance ! »

Si vous écrivez des chansons – comme des milliers de jeunes compositeurs dans le monde – il se peut que vous deveniez le prochain Elton John, le prochain Paul McCartney, la prochaine Lady Gaga, la prochaine Shakira.

Mais là encore, comme au golf, la compétition est féroce d'ailleurs, peut-être encore plus et surtout, oui, SURTOUT, l'illusion du succès possible est encore plus grande et plus pernicieuse.

Pourquoi ?

Parce qu'au golf, au tennis, en ski, ou pour le 100 mètres (comme dans TOUS les sports individuels), le rêve, même grandiose, passe OBLIGATOIREMENT par le test de la réalité. Seuls les chiffres comptent. Vous gagnez ou vous perdez : et par conséquent, c'est plus facile de voir si vous avez du talent ou pas.

Pourtant, comme on répète souvent et avec justesse : « Visez toujours la lune ! Même si vous la manquez, vous atterrirez dans les étoiles. »

Moi, voici l'objectif ambitieux que je me suis fixé, c'est mon plan quinquennal :

Dans 5 ans, soit en juillet 2028, j'aurai une équité immobilière de 50 millions, avec ma compagnie Wings, donc je vaudrai 25 millions.

Pour atteindre cet objectif, et pour ne pas avoir toujours besoin des banques, je rencontrerai (j'attirerai !) des investisseurs silencieux (*silent partners*) qui ne veulent pas s'impliquer dans la gestion, mais veulent un bon retour sur leur placement.

O.P.M., une fois de plus.

Other people money.

L'argent des autres.

Aristote Onassis qui, de son vivant, fut l'homme le plus riche au monde a dit : « Montrez-moi un homme riche, je vous montrerai un emprunteur forcené. »

Il était aussi fort astucieux, ou intelligent financièrement, si vous préférez.

À ses débuts de milliardaire, il n'avait pas d'argent – comme la plupart des millionnaires ou milliardaires.

Mais il voulait acheter des pétroliers – car il sentait l'odeur de l'argent, et, Grec de naissance, il aimait la mer et les bateaux, pétroliers ou pas, et plus tard devenu riche, son yacht Christina O.

Du front tout le tour de la tête, il est allé voir avec audace des compagnies pétrolières et leur a proposé des contrats de livraison avantageux : MÊME SANS AVOIR UN SEUL NAVIRE POUR TRANSPORTER LEUR PÉTROLE !

Ces contrats en main, il s'est présenté aux banques qui lui ont prêté l'argent nécessaire pour acheter les pétroliers.

Intelligent financièrement ou pas ?

Et pourquoi ne pas appliquer cette méthode dans votre business ?

PROMESSE DU POMPIER RICHE : Je m'engage à entreprendre toutes les actions nécessaires durant ma quête pour atteindre mon objectif et je me fais la promesse de continuer tant que je ne l'aurai pas atteint !

Signature : ______________________________

VOUS, QUELLE EST VOTRE PROMESSE ?

____

____

____

____

L'IDÉE GÉNÉRALE EST LA SUIVANTE : DÈS QUE TU ES LIBRE, LE PARTY COMMENCE ! OUI, TU N'AS PLUS DE STRESS. TU PEUX FAIRE DES PROJETS PLUS AMBITIEUX. TU AS TA BASE. TES PROPRIÉTÉS AUGMENTENT DE VALEUR. C'EST TON FONDS DE PENSION POUR TA RETRAITE. ET DE BELLES LIQUIDITÉS MENSUELLES (DU CASH-FLOW, COMME MON CHIEN ADORÉ) POUR PROFITER DE LA VIE AVEC CEUX QU'ON AIME.

La puissance de l'objectif est grande, et même immense : seulement, il faut savoir dans quel domaine on peut l'appliquer avec grande chance de succès.

Vous voulez à ce sujet quelques idées – ou conseils ou tuyaux ?

29

La puissance de l'objectif PART 2

Ayez la tête dans les nuages, mais les pieds sur terre !

Avant de vous lancer ou de persévérer inutilement, rappelez-vous les conseils de la brillante auteure de *L'Unicorne*.

Pour avoir du succès, votre nouveau produit ou service doit régler une FRUSTRATION OU IRRITATION DU CONSOMMATEUR, répondre à un BESOIN non encore comblé, ou que vous pouvez combler à meilleur prix, ou plus rapidement, formule en général gagnante, vu l'inflation galopante, et l'impatience du consommateur moderne qui veut tout, tout de suite.

Dit autrement, quand il n'y a pas au départ de marché déjà existant, l'OBJECTIF est utile certes, mais de puissance limitée et souvent décevante et messagère de bien des chagrins, de dettes et de faillites.

Car sans le talent (en musique, dans le sport, au cinéma, en littérature, et cetera) un objectif, même louable, même sincère, fera beaucoup de révoltés, de perdants, d'endettés.

En revanche...

Et par exemple...

Il y a en Amérique plus de trois milliards de pizzas vendues chaque année.

Que vous aimiez la pizza ou pas, les chiffres sont là !

Donc, si votre OBJECTIF est de faire fortune dans le domaine de la pizza, sans doute avez-vous plus de chances qu'avec une nouveauté, que ce soit un roman, un jeu vidéo ou une nouvelle chanson.

La compétition est féroce évidemment, comme dans tous les domaines fréquentés – trop fréquentés !

Vous pouvez faire l'acquisition d'une franchise de Domino's Pizza, qui... domine le marché américain.

Vous pouvez aussi – mais c'est plus risqué – arriver avec une pizza différente ou un meilleur marketing qui vendra avec succès presque exactement... la même pizza qu'un concurrent défait – à quelques nuances près... de gris ou de pepperoni !

À preuve...

Dans la livraison du samedi 25 mars 2023 du *Journal de Montréal*, je lisais, sous la plume de Valérie Lesage, un reportage qui donne des envies de folie entrepreneuriale :

Avec ses trois frères et sa sœur, Elisabeth Abbatiello a racheté l'entreprise fondée par son grand-père, immigrant italien et beauceron, pas une mauvaise combinaison.

Cette mère de trois filles, qui n'a que 29 ans, s'est fixé des objectifs audacieux. Et ça a marché.

Comme l'explique succinctement Valérie Lesage dans l'article ci-haut mentionné : « Elisabeth [...], qui parle vite comme si elle courait, est hyperactive sur les médias sociaux, où elle propose une image jeune et dynamique de l'entreprise. En cinq ans, Pizza Salvatoré est passé de 13 à 64 restaurants, tout en traversant l'électrochoc de la pandémie : les jeunes actionnaires ont remboursé en deux ans plutôt que cinq le prêt contracté pour l'achat de leur chaîne. »

Au fond – et sans le savoir, ce qui est moins grave quand on œuvre dans un bon domaine, c'est-à-dire celui où le BESOIN est grand – elle s'inspirait ou en tout cas suivait les conseils du multimillionnaire Jean-Louis Couturier qui confesse, dans son livre *De la moppe au top* : « Je voulais m'engager dans un secteur où je retrouverais deux choses essentielles à mes yeux : d'une part, l'assurance de ce que j'appelle "le principe de répétition" du service ou produit, et, d'autre part, des "possibilités d'expansion infinie". »

PENSEZ À CES DEUX PRINCIPES AVANT DE VOUS LANCER.

ILS NE SONT PAS LA CONDITION *SINE QUA NON* DE VOTRE SUCCÈS, MAIS ILS AIDENT GRANDEMENT À L'ATTEINDRE ET À LE CONSERVER.

Pour revenir à l'exemple du mets préféré de l'Américain moyen, selon les statistiques les plus fiables, c'est de la pizza qu'il mange... trois fois par semaine !

Si votre pizza est meilleure, que vous avez un meilleur prix, un meilleur temps de livraison, un meilleur marketing, la magie de l'objectif fonctionnera peut-être pour vous : vous aurez une croissance de 5 % par année, et peut-être de 8 %, et peut-être de 10 % et beaucoup plus.

You never know !

Vous ne savez jamais !

Surtout si vous ne l'avez jamais essayé !

Et dans tous les cas, fixez-vous un objectif et foncez !

Ce qui est TOUJOURS mieux et plus payant que… DE NE PAS SE FIXER D'OBJECTIF ET DE NE PAS FONCER.

P.-S. Un de mes objectifs, maintenant que je fais plus de 5000 $ par semaine en plus de mon salaire, c'est d'aider ceux qui veulent vraiment sortir du système grâce à la liberté financière. Quand tu as cette liberté, c'est la plus grande ivresse : plus personne n'a le contrôle sur toi et sur ta vie.

P.-P-.S. Quand on fait un bon *deal* – et on en fait souvent – on va manger des ailes, des *wings* à la Cage aux Sports.

On se récompense aussi de manière plus luxueuse.

J'ai flambé 30 000 dollars pour un voyage.

Pourtant, dans votre rêve de devenir un pompier riche, vous devez tenir compte de ce que l'avenir vous réserve – et qui n'est pas nécessairement très jojo.

Un homme politique a dit : « Gérer, c'est prévoir. »

Si vous voulez prévoir, et devenir un pompier riche, vous devez tenir compte des mégamenaces !

30

Tenez compte de la première mégamenace !

Dans *Mégamenaces,* Nouriel Roubini, brillant diplômé de Harvard, qui a été conseiller économique au cours des administrations de Bill Clinton et de Barack Obama, sert ce terrible avertissement : « Il est fort possible que, d'ici quelques années, vous... *n'ayez plus de salaire* ! »

NON, vous n'aurez plus de salaire !

Pourquoi ?

Parce que votre emploi sera obsolète, n'existera plus : vous serez chômeur !

Heureusement vous aurez d'ici là – du moins je le souhaite ardemment ! – réussi à vous mettre à l'abri de ces horribles et probables prophéties en devenant un pompier riche.

Mais quelle est la première mégamenace évoquée par Roubini ?

La voici :

LE VIEILLISSEMENT DE LA POPULATION.

« En 1960, il y avait 5 travailleurs actifs pour chaque retraité ou personne en incapacité aux É.-U. Le ratio a glissé sous 3 pour 1 en 2009 et se dirige vers 2 pour 1. »

Vu que les gouvernements ont souvent déjà étiré au maximum l'élastique de l'impôt, et qu'il y aura de plus en plus de pensionnés (à 65 ans) qui vivront jusqu'à 85 ou 90 ans, il y a fort à parier que comme l'État n'aura plus de sou, il devra couper dans les services.

Si vous n'avez pas les moyens de vous payer ces services supprimés et pourtant souvent fort importants – ou de les offrir à votre conjoint, à votre enfant, à votre père ou votre mère vieillissants – que ferez-vous ?

J'ai un ami d'enfance qui doit se faire opérer d'une hanche. Dans la fin soixantaine, il boite déjà comme un nonagénaire, mais au public, il doit attendre un minimum de deux ans. En clinique privée, il pourrait subir une intervention dans un petit mois. Mais ça lui coûterait 20 000 $. Qu'il n'a pas. Car il a toujours été contre les bourgeois, et sa pension de fonctionnaire ne lui permet pas ce « luxe ».

N'aurait-il pas été mieux avisé de devenir un pompier riche ?

Ce qui lui aurait permis de composer avec la première mégamenace ?

Encore faut-il préciser qu'au Canada, la couverture de soins de santé est universelle et gratuite. Dans plusieurs pays, il faut se payer une assurance. Les primes augmenteront à mesure que la population vieillit, car elle coûtera de plus en plus cher aux assureurs.

P.-S. Un petit tuyau en passant : si vous trouvez un nouveau produit ou un nouveau service qui pourra combler le BESOIN de cette population grandissante des gens âgés, vous ferez fortune.

Ce peut être dans la santé bien sûr, mais aussi pour combler ce mal du siècle qu'est la solitude – surtout chez les personnes âgées.

La maladie mentale viendra tout de suite après.

Mais dans votre intelligence financière – ou celle que vous voulez inculquer à vos enfants ou partenaires d'affaires ou de vie – tenez aussi compte de la deuxième mégamenace !

31

Tenez compte de la deuxième mégamenace

Voici la deuxième mégamenace, dont tout pompier riche devrait tenir compte : **LA PERTE QUASI INÉVITABLE DES EMPLOIS MANUFACTURIERS.**

Le phénomène n'est pas récent, mais il s'accentue : la Chine, c'est connu, est devenue la manufacture du monde.

Mais il y a aussi, qui lui font concurrence, l'Inde, le Mexique. Et bientôt l'Afrique où la Chine, qui prévoit l'avenir et le crée par la même occasion, fait des investissements massifs.

Bien sûr, on peut encourager l'achat local, mais – et surtout avec l'inflation galopante – êtes-vous prêt à payer 50 $ un grille-pain fabriqué aux É.-U., au lieu de payer 20 $ pour un appareil similaire et même avec plus de vertus et une garantie plus longue – mais fait en Chine, en Inde ou en Afrique ?

Pour le consommateur (surtout celui qui en arrache et presque tous les consommateurs en arrachent vu l'inflation galopante !), malgré les beaux idéaux, tout n'est-il pas question de fric ?

Mais cette deuxième menace est beaucoup moins affolante que la troisième surtout si, vu vos diplômes universitaires, ou votre expérience des « affaires », vous vous croyez à l'abri des mégamenaces de l'avenir... qui est déjà en train d'arriver (je parle de l'avenir) que vous vous en rendiez compte ou non !

32

La troisième mégamenace

La perte quasi inévitable des emplois de service

Roubini prévient – ou rappelle à ceux qui l'ont déjà noté ou entrevu :

> « Si vous croyez que les services ne peuvent être échangés, alors vous êtes enfermé dans un mode de pensée dépassé. Ce n'est plus comme si quelqu'un devait se déplacer pour obtenir ces services. Oubliez cette notion ! »

La révolution « globotique », ce qui, bien entendu, est un néologisme né de la contraction de globalisation et robotique, fait que, dans un avenir fort rapproché (et qui a déjà commencé !) on n'aura de moins en moins besoin de vos services – et un jour plus du tout.

Vous serez obsolète, inutile, malgré parfois votre jeune âge et les diplômes dont vous êtes bardé.

Le grand capital (les industriels, les banquiers, les investisseurs boursiers importants, etc.) pense en termes simples, sans trop de préoccupations sociales : faible coût de revient, forte marge bénéficiaire, voilà son credo et la source inépuisable de son enrichissement.

D'autant que, bien entendu, les robots ne prennent pas de pause pour le lunch ni de congés de maladie, ne demandent pas d'augmentation de salaire et ne sont pas syndiqués.

Les camionneurs, par exemple, seront d'ici quelques années, peut-être dans aussi peu que cinq ans, remplacés par des robots qui peuvent conduire 24 heures sans dormir et avoir à remplir un *log book*.

Les cuisiniers robots remplaceront les cuisiniers en chair et en os – et leur joli chapeau !

Avec leur mémoire phénoménale de robot, ils auront mémorisé tous les grands livres de recettes de tous les grands chefs du monde, Bocuse, Escoffier, Wolfgang Puck et *tutti quanti*. Des restaurateurs astucieux permettront même à leur chef robot de préparer les meilleures recettes de votre mère ou de votre grand-mère, si tant est que vous puissiez leur fournir ladite recette !

Il y aura aussi des serveurs, des serveuses qui ne demanderont pas de pourboire et connaîtront tous les goûts, le portefeuille et les caprices de leurs clients, vu qu'ils auront accès à tout leur profil, Facebook, Twitter ou *X whatever*, financier et autres...

Ils auront d'obligatoires « congés de réparation » bien sûr, ou de mises à jour, mais les capitalistes gagneront au change, comme ils l'ont toujours fait.

D'autres métiers qu'on croyait précieux et irremplaçables seront... remplacés.

Vous en doutez ?

Vous connaissez Deep Blue ?

33

Une horrible mégamenace, dont vous devez tenir compte pour devenir le plus tôt possible un pompier riche, peu importe votre métier

Vous connaissez Deep Blue ?

C'est un ordinateur inventé par IBM et qui pouvait jouer aux échecs, plutôt bien que mal.

À preuve, en 1996, à ses débuts comme machine échiquéenne, dans un match hautement publicisé contre le champion mondial de l'époque, Garry Kasparov, Deep Blue perd 4 à 6.

Mais l'année suivante, dans un match revanche de 6 parties lui aussi, « amélioré » par les ingénieurs d'IBM, Deeper Blue, la version améliorée de Deep Blue, fait mordre la poussière à Gasparov et l'emporte : 3 ½ à 2 ½, les demi-points témoignant des nulles, pour les non-initiés.

C'est donc dire, même si le remplacement de l'homme par la machine nous chagrine, que Deeper Blue était... plus intelligent que tous les autres joueurs d'échecs au monde, car il avait battu... le champion du monde !

Ses programmeurs n'étaient pas sots.

Ne laissant rien au hasard, mettant toutes les chances de leur côté, pour défaire le champion du monde, ils avaient fait mémoriser au docile Deeper Blue... 700 000 parties de grands maîtres.

Oui, 700 000 parties !

Ce qu'aucun grand maître ne peut sans doute faire, même si en général ils sont nantis d'une mémoire prodigieuse qui défie l'entendement humain.

De surcroît, la docile « marionnette » des programmeurs pouvait faire 200 millions de combinaisons à la seconde, ce qu'aucun champion du monde n'a jamais pu faire et ne fera jamais.

Maintenant, la question qui tue.

Et qui tue d'autant que la réponse est évidente !

Seriez-vous d'accord pour dire que les ordinateurs pourront bientôt faire à la place des humains toutes les tâches moins complexes que celle de battre le champion du monde des échecs ?

Et par la même occasion ne devrez-vous pas convenir que, par exemple, malgré tout le respect que l'on doit à ceux qui ont prêté le serment d'Hippocrate, il est plus facile de poser un diagnostic médical que de vaincre le champion d'échecs du monde ?

Je précise que j'ai le plus grand respect pour la profession médicale. Pour entrer en médecine, il faut en général être premier de classe et ensuite étudier plusieurs années – souvent plus de 80 heures par semaine, et ensuite faire un long stage en hôpital.

Mais si on y pense, toutes les connaissances médicales du monde ne sont probablement pas plus vastes que 700 000 parties de grands maîtres d'échecs.

Et même si elles l'étaient, on parle de Deep Blue, donc d'un ordinateur créé en 1989, donc il y a plus de 30 ans !

Et rien de plus facile que de mettre constamment à jour toutes les connaissances médicales du monde !

Vous en doutez ?

Sans doute en douterez-vous moins après avoir pris connaissance d'un article paru dans la livraison du *New York Times* du 6 mars 2023. Assez récent, quoi !

(C'est moi qui traduis, résume et paraphrase l'article commis par Adam Satariano et Cade Metz).

La docteure Eva Ambrozay, radiologiste qui compte plus de deux décennies d'expérience, examine, dans un hôpital en banlieue de Budapest, l'écran d'un ordinateur qui montre des mammographies d'une patiente.

Avant elle, consciencieusement, et s'appuyant sur leur expérience, deux radiologistes avaient conclu que la patiente... n'était PAS atteinte d'un cancer du sein.

Mais sceptique et précautionneuse – et prenant à cœur le sort de sa patiente – D^re^ Eva Ambrozay sourcille en voyant plusieurs sections du scan encerclées en rouge, et qui indiquent des régions potentiellement cancéreuses : elle utilisait un nouveau logiciel d'intelligence artificielle !

Pour en avoir le cœur net, elle demande à sa patiente de se faire faire une biopsie : l'intelligence artificielle avait eu raison, et... la docteure avait eu raison de s'y fier.

Sa patiente avait une tumeur cancéreuse !

Qui, prise précocement, fut extraite.

Elle conserva son sein et surtout... eut la vie sauve !

Les fort bien documentés journalistes du *New York Times* écrivent aussi :

> « Pour entraîner leur système d'intelligence artificielle, ils ont colligé plus de 5 000 000 de mammographies de patientes dont le diagnostic était connu. [...] L'entreprise, sise à Londres, a aussi payé 12 radiologistes pour identifier des images provenant de logiciels spéciaux qui enseignent à l'intelligence artificielle à identifier une tumeur cancéreuse par sa forme, sa densité, sa localisation et autres facteurs. »

Quel radiologiste, même brillant, même infiniment expérimenté peut, avant d'établir son diagnostic (qui, faut-il le rappeler peut changer la vie – lisez : la mort ! – de sa patiente), peut avoir en tête cinq millions de mammographies ?

Poser la question est évidemment y répondre.

Chose certaine, on est loin des 700 000 parties de grands maîtres mémorisées par Deeper Blue, et surtout, le cancer du sein d'une femme, mal diagnostiqué, donc qui est passé sous le radar (vu le facteur humain) est infiniment plus important qu'une victoire aux échecs même pour le Championnat du monde, on en conviendra !

Dans l'article, les journalistes prédisent que le jour est proche où certaines patientes anxieuses, loin de résister aux progrès pour ne pas dire à l'invasion inévitable de l'I.A., vérifieront, en entrant dans une clinique ou même avant, en prenant rendez-vous : « Avez-vous le logiciel d'intelligence artificielle pour détecter le cancer du sein ? »

Dès lors, et de manière générale, n'est-ce pas tout à fait raisonnable ou en tout cas envisageable de penser qu'une machine (appelons-la un médecin robotique ou le robot médecin, *whatever* !), pourra facilement diagnostiquer un patient de manière remarquable, par exemple VOUS, et pas juste pour un cancer du sein, parce que vous êtes – légitimement – pressé de rencontrer un médecin parce que vous ou votre enfant ou votre partenaire ou votre mère, ou votre père est gravement malade ?

Personnalisé, ce médecin robot, sera un homme ou une femme, portera un voile, un turban, un haut-de-forme, aura la couleur de peau que vous préférez, pourra faire des plaisanteries, vous poser des questions sur votre chien, votre conjoint, votre petit dernier, toutes ces informations qu'il possédera avant la consultation.

La plupart des États craquent déjà sous le fardeau des soins de santé : engager plus de médecins, plus d'infirmières est un remède ruineux, qui taxerait trop dangereusement un système de santé déjà... malade et, même, près de l'agonie.

Donc, si un service qui exige de longues études comme celui de médecin pourra être aisément remplacé – et à meilleur compte –, combien est prévisible, combien est inévitable le remplacement d'autres services moins complexes !

Ces considérations sociologiques, économiques et « futuristes » (mais à peine !) vous aideront, je crois, à travailler à l'« urgence » pour vous, c'est le cas de le dire, de devenir un pompier riche.

D'autant que...

Dans *Mégamenaces,* Roubini nous sert un avertissement encore plus horrible...

34

La plus terrifiante de toutes les mégamenaces – et pourquoi vous devez toutes affaires cessantes devenir un pompier riche

Roubini écrit :

> « La possibilité est très réelle que seul l'échelon supérieur de la hiérarchie sociale gagnera alors que tout autre perdra son emploi. »

Yuval Harari, le célèbre auteur du best-seller *Homo deus*, que Roubini de toute évidence avait lu, abonde dans le même sens lorsqu'il dit :

> « L'invention technologique demande énormément de capital, demande des gens très spécialisés et est économe de

main-d'œuvre. Si vous être propriétaire de la machine ou que vous faites partie du 5 % de la population qui détient presque toute la richesse, I.A. (l'intelligence artificielle) vous rendra plus riche et plus productif. Si vous êtes un col blanc ou bleu d'échelon inférieur ou même moyen, l'intelligence artificielle éventuellement réduira vos émoluments et rendra votre emploi obsolète. La tendance est déjà visible dans les économies avancées où la stabilité sociale dépend de l'opportunité universelle de connaître le succès. »

Harari note aussi, ce qui tombe sous le sens, hélas :

« Ce n'est pas tout le monde qui a assez de talent ou de goût pour programmer des ordinateurs, explorer des bases de données, améliorer l'I.A., écrire des romans à succès ou devenir entrepreneur. »

On peut ajouter : ce n'est pas tout le monde qui deviendra le prochain Tiger Woods, la prochaine Taylor Swift ou le prochain Steven Spielberg.

Quelle est la conséquence de ce constat ?

Roubini ne tarde pas à nous l'asséner, et c'est une effroyable boule de cristal, du moins pour ceux qui, ayant dirigé leur lorgnette vers ce qu'était la société il y a 50 ans (sans Internet, ordinateur portable, cellulaire, voiture électrique, drone), peuvent la diriger, par simple logique, vers ce qu'elle sera dans 50 ans, surtout vu l'accélération affolante des progrès technologiques :

« Lorsque l'I.A, aura mis au chômage la majorité des travailleurs qualifiés, que fera la société avec tous ces individus superflus ? Que feront des êtres humains conscients, une fois que nous aurons des algorithmes qui sauront presque tout faire mieux ? Dans certains scénarios dystopiques, les gens superflus disparaissent. Ou alors on les laissera toute la journée jouer à des jeux vidéo ou utiliser des drogues qui éventuellement précipiteront leur mort par désespoir. »

Ça va loin, je sais.

Mais... si c'était vrai !

Si ça arrivait.

Ne voudriez-vous pas avoir prévu le coup, en étant devenu toutes affaires cessantes un pompier riche ?

Comme disait avec son humour habituel Yogi Berra : « Il est difficile de faire des prédictions... surtout concernant le futur. »

Et j'ai peut-être été un peu trop prophète de malheur – comme suite de lectures d'ouvrages écrits par des auteurs on ne peut plus sérieux et savants... de l'avenir !

Mais ce qu'il est important de retenir est ceci : malgré toute l'évolution de la société, les progrès de l'I.A. et l'obsolescence annoncée et quasi certaine de bon nombre de métiers, il faudra quand même que les gens, « superflus » ou pas – ou les robots – se logent quelque part.

Les propriétaires immobiliers en bénéficieront comme ils en bénéficient déjà.

Il faut certes des qualités pour devenir investisseur immobilier à succès.

Mais c'est moins difficile que de mettre au point un nouveau logiciel, un jeu vidéo, ou un robot pour opérer de la cataracte : facile à voir, quoi !

AU CAS OÙ VOUS N'AURIEZ PAS ENCORE COMPRIS, SOUFFRANT DE COURTE VUE : LES ROBOTS REMPLACERONT BIENTÔT CEUX QUI EXERCENT DES MÉTIERS

EXIGEANT DES COMPÉTENCES TRÈS GRANDES, ET PAS SEULEMENT LES MÉDECINS. ILS REMPLACERONT AUSSI LES FISCALISTES, LES ACTUAIRES, LES INGÉNIEURS, LES ARCHITECTES, LES PROGRAMMEURS...

Dans *La République*, le grand philosophe Platon souhaite, dans une jolie antimétabole : « Il faut que les philosophes soient rois, et les rois philosophes. »

Une des qualités de l'intelligence financière est de prévoir et de s'adapter aux constants changements de la société et du marché.

Une des choses à laquelle il faudra s'adapter – et c'est déjà commencé et ce n'est pas sur le point de s'arrêter – c'est l'intelligence financière.

Alors, ne devrait-on pas apporter une variante au vœu de Platon et dire : « Il faut que les rois soient robots et les robots rois. »

Choquant ?

Ridicule ?

Mais si les robots sont bien programmés – et pas juste à l'avantage du 5 % de la population qui détient presque toutes les richesses et les connaissances nécessaires à leur obtention – ne feront-ils pas de meilleurs dirigeants que les dirigeants humains ?

Ils ne se laisseront pas influencer par des lobbyistes véreux qui leur accorderont des contrats juteux une fois qu'ils auront quitté la politique...

Ils n'auront pas de dépenses somptuaires aux frais de l'État – donc des contribuables –, ne boiront pas du Château Pétrus ou Margaux à 1000 $ la bouteille, ne descendront pas dans des palaces exorbitants, n'auront même pas besoin de coûteux système de sécurité : ils auront des doubles qui pourront les remplacer au pied levé. Ils seront justes, prenant des décisions éclairées qui favorisent la majorité et non pas l'oligarchie de leurs amis et des intérêts spéciaux, avec des connaissances géopolitiques étourdissantes qui feront d'eux l'antithèse heureuse de Donald Trump.

Moi, en tout cas, je voterais pour ce robot – pourvu bien sûr qu'il soit programmé démocratiquement.

L'INTELLIGENCE FINANCIÈRE MODERNE TIENT COMPTE DE L'INTELLIGENCE ARTIFICIELLE. SI ELLE N'EN TIENT PAS COMPTE, ELLE EST OBSOLÈTE : OU DIT AUTREMENT, CE N'EST PLUS DE L'INTELLIGENCE FINANCIÈRE.

Scénario effroyable ?

Pourtant c'est peut-être le plus souhaitable.

Il n'y a pas que l'immobilier, bien sûr, qui peut vous permettre de devenir un disciple du pompier riche et faire 500 $, 1000 $, 5000 $ par semaine, en plus de votre salaire.

Vous voulez découvrir d'autres astuces ou sources de revenus ?

35

Des manières autres que l'immobilier de devenir un pompier riche

Ce n'est pas tout le monde qui veut investir en immobilier même si c'est le placement que préfèrent les banquiers. Qui, c'est connu, aiment la « brique et le mortier ».

Vous pouvez aussi...

1. **Inventer une nouvelle téléréalité ou un quiz!** La plupart, comme vous l'avez sans doute constaté, ont pour ressort principal – et par conséquent attrait commercial – l'élimination progressive de tous les candidats jusqu'au grand gagnant, ce qui rappelle aux participants et, par procuration, aux téléspectateurs, les angoisses de la rivalité enfantine entre frères et sœurs et la course (souvent perdue) pour obtenir l'attention ou l'amour de leurs parents. Les téléréalités ont un deuxième ressort, c'est la vente du rêve présent chez presque tout le monde d'être célèbre ou d'avoir en tout cas ses 10 minutes de gloire, selon la prédiction

d'Andy Warhol. Les téléréalités ont un troisième ressort. Beaucoup offrent des prix en argent – que les participants peuvent gagner sans grand travail ou grand talent. Formule doublement gagnante qui rejoint le plus grand nombre, le sommet du genre (à preuve son succès durable depuis plus de 65 ans) étant *The Price Is Right* où il suffit de deviner combien se vend tel ou tel objet : le sommet de la société de consommation, quoi ! Ce jeu-questionnaire tient l'affiche depuis 1956, dans des formes à quelques reprises revampées.

Dans des téléréalités qui n'ont pas besoin de scripteurs ou scénaristes ou acteurs chèrement payés, il suffit souvent de savoir *frencher* dans un sauna, de chanter plus ou moins bien une chanson écrite par un autre, et de bien sourire devant la caméra. Vous pouvez même être un éboueur ou un douanier ou tenter de survivre nu dans la jungle. On n'a plus besoin de Maria Callas, de Steven Spielberg, de Jack Nicholson ou de Julia Roberts !

Dans votre téléréalité… visez bas, mais visez juste !

Que votre chef-d'œuvre impérissable, pour le rester, tourne autour des choses qui intéressent la majorité des gens : la nourriture, l'immobilier (vente, réno) et l'amour, avec toutes ses modulations : la rencontre, le mariage (d'amour ou d'argent, vu l'écart d'âge entre les futurs mariés) ses robes, et la grandeur et les misères des femmes divorcées, mais de préférence riches et célèbres. Ça fait de l'audimat, comme disent les Français. Ou des cotes d'écoute, si vous préférez…

Les téléréalités sur les problèmes de poids ou la grosseur plastique des lèvres, des seins ou des postérieurs font aussi la grande joie des téléspectateurs et la fortune des diffuseurs : les problèmes de poids ayant évidemment pour origine ou cause, c'est selon, les téléréalités basées sur... la nourriture, la cuisine, les plats que de futurs chefs doivent préparer en 30 minutes ou moins !

Ça ne fait pas exactement zen, ça, mais il faut appliquer (à la recette du succès des téléréalités sur la nourriture) le principe de compétition entre les petits frères et les petites sœurs qui cherchent l'attention de leurs parents, et le premier prix de leur affection !

2. **Devenir influenceur...** Si vous avez eu la chance d'être une vedette de téléréalité, ça vous donnera une longueur d'avance. Pas besoin d'être allé à l'école bien longtemps ni même de connaître l'« ortografe », je veux dire l'orthographe : vous vendez à la masse ! Qui vous ressemble. Et qui vous suit. Si vous êtes sympa et que vous avez des milliers de gens qui vous suivent, les annonceurs vous... suivront ! Et vous pourrez devenir un « pompier riche » tout en continuant de faire votre métier. Que vous abandonnerez peut-être quand vous gagnerez plus en un an que ce que vous auriez gagné en cinq ans en exerçant un métier qui vous pèse.
3. **Trouvez un produit, un service nouveau, ou la variation d'un produit ancien pour la population vieillissante.** Les gens vivent de plus en plus vieux, mais, vanité fréquente, veulent quand même avoir l'air jeune, vu que c'est le paradis que leur vendent les réseaux sociaux, la publicité. D'autres, moins artificiels, veulent juste ne pas vivre trop vite sous respirateur artificiel, veulent juste rester autonomes. Trouvez-leur des cannes intelligentes, des fauteuils roulants tout équipés avec téléphone, télé, siège massant et musical, Internet, lien direct avec le médecin ou l'urgence, caméra en

> direct avec la maison ou les petits-enfants. Ouvrez une animalerie dernier cri, avec des animaux savants dans l'art de combler la solitude de leur maître...
>
> Si, de surcroît, votre produit ou service aide à apaiser, et même juste à tromper (même provisoirement) la solitude des gens, surtout vieillissants, vous ferez de l'argent et surtout, oui, SURTOUT, vous ferez œuvre utile et (riche ou pas) vous mourrez le cœur tranquille.

Donc – et pour me résumer – faites des expériences au moindre risque possible !

Lancez votre entreprise – au moindre coût possible !

Lancez-la de votre cuisine, de votre garage, de votre deux et demi ! Mais rappelez-vous que, à mon avis – et l'histoire moderne et ancienne le confirme –, l'investissement immobilier est votre meilleure police d'assurance... et votre meilleur placement.

Il vous protège de presque toutes les transformations sociales, des aléas de votre carrière et des ravages annoncés de l'intelligence artificielle : l'immobilier ne sera jamais obsolète.

Mais il faut des couilles – ou des ovaires, soyons modernes ! – pour faire de l'immobilier, et même, de manière générale, pour se lancer en affaires.

C'est plus facile lorsqu'on suit la philosophie du pompier riche qui consiste grosso modo, comme vous l'avez vu, à se lancer en affaires... tout en gardant son emploi.

P.-S. Il y a fort à parier que ceux qui voient le jour en 2023 exerceront un métier qui n'existe pas encore. Inventez ce métier !

P.-P.-S. Dans tous les cas, n'oubliez pas la réflexion d'Abraham Lincoln: « Celui qui a une idée et ne sait pas la vendre ne vaut pas plus que celui qui n'a pas d'idée. »

36

Développez votre intelligence financière !

Yogi Berra, célèbre entraîneur de baseball, a commis, entre autres perles humoristiques, les sept suivantes :

1. « Le futur n'est plus ce qu'il avait l'habitude d'être. »
2. « J'ai toujours pensé que les records tiendraient... jusqu'à ce qu'ils soient brisés. »
3. « Ne répondez jamais... à des lettres anonymes ! »
4. « Vous pouvez observer beaucoup... juste en regardant. »
5. « Si vous ne savez pas où vous allez... vous risquez d'aboutir ailleurs. »

Répondant à la question pourquoi il n'allait plus chez Ruggeri's, un restaurant bien fréquenté de St. Louis, il avoua :

6. « Plus personne ne va là-bas, il y a trop de monde. »
7. À une serveuse : « Vaut mieux que vous coupiez ma pizza en quatre morceaux parce que je n'ai pas assez faim pour en manger six. »

Ce n'est pas très intelligent.

Mais c'est drôle.

Parce que celui qui a commis ces bons mots était intelligent et connaissait les mécanismes de l'humour, dans ce cas : la bêtise volontaire.

Mais pour réussir en affaires, vous devez être intelligent, financièrement – et non pas bête ou idiot.

Sinon vous resterez toujours pauvre – et devrez travailler jusqu'à votre mort.

Dans *L'Homme le plus riche de Babylone,* un des classiques de la science de la richesse, l'auteur, George S. Clason, révèle sept remèdes pour soigner une « bourse vide » !

1. *Commencez par faire grossir votre bourse !*

Comme l'explique Arkad, l'homme le plus riche de Babylone, si vous mettez chaque matin 10 œufs dans un panier et n'en prenez que 9, le soir, il vous en restera un de plus tous les jours !

2. *Contrôlez vos dépenses !*

3. *Multipliez votre or !*

Faites de bons placements, achetez des actifs féconds !

4. *Tentez d'éviter les pertes !*

5. *Faites de votre résidence un placement profitable !*

On a déjà assez élaboré sur la question, non ? Et relisez *Père riche, Père pauvre* plus attentivement !

6. *Assurez-vous des revenus futurs !*

Utiles sinon nécessaires lorsque, en raison de votre âge, vous ne serez plus en mesure de travailler ou de... travailler autant, ce qui contredit la théorie simpliste de... la simplicité volontaire ! Leurs adeptes, jeunes, se targuent de ne travailler que le strict minimum, sans penser que, septuagénaires, et peut-être bien avant, ils ne pourront plus travailler. Ils n'auront jamais gagné assez d'argent pour investir et faire de l'argent en dormant : leur vieillesse sera cauchemardesque et peut-être brève, vu que le stress (financier) tue plus qu'on ne pense, surtout... les personnes âgées !

7. *Augmentez votre habileté à faire de l'argent !*

Ce conseil – ou remède – vient en dernier.

Pourtant, je crois qu'il devrait venir en premier. Pourquoi ?

Parce que plus on commence jeune à augmenter son habileté à faire de l'argent, plus on en fait rapidement, et plus on excelle.

C'est un peu la théorie des 10 000 heures appliquée à votre enrichissement, nombre d'heures qu'il faut prétendument pour faire l'apprentissage d'un métier, ce qui est faux pour les pianistes de concert et les golfeurs professionnels, bien sûr !

Mais vous comprenez l'idée générale. Non ?

Moi, il m'a fallu du temps pour le comprendre – et j'ai fait ma plus grande erreur...

37

Ma plus grande erreur – et mon plus grand regret

Les gens admettent rarement leurs erreurs – et encore moins leurs torts.

Il est plus facile, pour justifier ses insuccès et ses malheurs, de faire porter le blâme aux autres.

Mais malgré mon jeune âge (34 ans, je le répète !), il me semble qu'une de mes plus grandes erreurs (que pourtant j'ai pu corriger avec le temps !), c'est de ne pas avoir investi plus tôt dans mon éducation financière.

En suivant des formations, lisant des livres, en me prenant un mentor de richesse.

Maintenant, et malgré l'indépendance financière que j'ai acquise, je consacre une part importante de mon temps – et de mon argent – au développement ou si vous préférez à mon éducation financière.

Car s'il y a un début, il n'y a pour ainsi dire pas de fin.

On peut toujours apprendre de nouvelles choses, de nouvelles astuces.

Au moment d'écrire ces lignes, je fais un mentorat d'un an avec une équipe de professionnels qui gèrent plus de 280 000 000 $ d'actifs immobiliers aux États-Unis. Dans le but de connaître les règles et les stratégies pour investir aux É.-U., ce qui est dans nos cartons, mon partenaire dans Wings et moi. Nous visitons différents États, rencontrons divers professionnels en lien avec l'immobilier. Ce mentorat va nous avoir coûté environ 60 000 $ canadiens avec les formations, billets d'avion, hôtels et les repas. Trop cher payé ?

Au contraire.

Non seulement j'apprends une foule de choses sur le marché immobilier américain, mais je rencontre des gens brillants et des investisseurs prêts à me confier plusieurs millions afin d'investir en immobilier.

Les voyages forment la jeunesse – et aussi l'enrichissent, surtout quand ce sont des voyages de… formation, faits avec un objectif précis !

Ma formation est continue et débute tôt.

Je me lève à 5 h 30 tous les matins.

Ne dit-on pas : *The early bird gets the worm* ?

Traduction libre : « L'oiseau matinal attrape le ver. »

Je regarde sur mon mur la belle affiche qui suit.

C'est, vous l'avez reconnue, la Statue de la Liberté, qu'on peut admirer quand on arrive à New York.

Pour moi, c'est le symbole de MA liberté.

Que j'ai acquise avec Wings.

Je regarde aussi le chèque que je me suis rédigé et que j'ai collé sur un mur.

C'est un chèque de 50 000 000 $.

Libellé à l'ordre de Wings.

Que nous recevrons, mon partenaire et moi, dans 5 ans, soit le 4 juillet 2028, après avoir vendu notre parc immobilier, et dont je toucherai la moitié, soit 25 000 000 $. De quoi voir venir quelques années, malgré l'inflation galopante et vu ma frugalité.

Mais nous ne le vendrons pas, car nous serons encore trop jeunes, et il nous rapportera environ 70 000 $ par semaine, en plus de notre salaire.

Notre objectif n'est certainement pas de vendre notre parc, comme vous l'aurez compris, mais bien de le refinancer, lorsque le moment sera judicieux, et le transmettre à la prochaine génération familiale pour qu'il continue la croissance de Wings pour construire un empire immobilier.

En fait, vous l'aurez déduit, il y aura longtemps que nous ne serons plus salariés.

Cet objectif vous semble par trop ambitieux ?

38

Dans quel aquarium voulez-vous nager ?

Avez-vous déjà vu des poissons rouges en dehors du petit bocal ou de l'aquarium de taille modeste dans lesquels vous les condamnez à vivre lorsque vous les ramenez d'une animalerie ?

Ils ne mesurent en général que cinq centimètres.

Mais avez-vous vu ces mêmes poissons rouges qui vivent dans de petits étangs du Sud, devant un restaurant ou au bord d'une piscine ?

En comparaison, ils sont G-É-A-N-T-S !

Ils ont une taille cinq ou six fois supérieure à celle de leurs « semblables » condamnés à vivre à l'étroit, si j'ose dire.

VOTRE OBJECTIF EST COMME UN AQUARIUM.

PLUS VOTRE OBJECTIF EST GRAND, PLUS VOUS GRANDIREZ FINANCIÈREMENT.

La seule limite de la taille de votre aquarium, donc de votre objectif, est votre limite mentale : ce que vous croyez que vous valez et pouvez gagner… chaque semaine, en plus de votre salaire.

Dans quel aquarium voulez-vous nager ?

39

Je me soigne – et je soigne mon éducation financière !

Malgré mon horaire chargé, je lis tous les jours au moins 5 pages – et parfois 10 – d'un livre de motivation, de business, de vente, de négociation.

Je me délecte et m'inspire aussi des biographies de grands hommes, de grandes femmes d'affaires que j'admire.

LISTE DES LIVRES À LIRE ABSOLUMENT

ou à écouter sur un tapis roulant ou en roulant dans sa voiture pour bientôt rouler sur l'or et devenir plus vite un « pompier riche », peu importe votre métier :

1. *Père riche, Père pauvre*, de Robert T. Kiyosaki.
2. *Réfléchissez et devenez riche*, de Napoleon Hill.

3. *La Magie de voir grand*, de David J. Schwartz.
4. *Le Secret*, de Rhonda Byrne.
5. *L'Homme le plus riche de Babylone*, de George S. Clason.
6. *Le Plus Grand Vendeur du monde*, d'Og Mandino.
7. *L'homme est le reflet de ses pensées*, de James Allen.
8. *L'Investisseur intelligent*, de Benjamin Graham.
9. *Le Jeu de la Vie et comment le jouer*, de Florence Scovel Shinn
10. Un trio final et nécessaire vu le début de ce petit traité d'indépendance financière. De Marc Fisher : *Le Millionnaire paresseux, Le Golfeur et le Millionnaire* et *Le Millionnaire*, son classique.

Ces lectures ou ces écoutes de motivation me donnent des ailes, des *wings* pour faire d'autres *deals*...

LE POUVOIR, C'EST LE SAVOIR.

LE SAVOIR, C'EST LE POUVOIR.

Ou, dit autrement : PLUS VOTRE INTELLIGENCE FINANCIÈRE EST GRANDE, PLUS VOUS :

1. DEVIENDREZ RICHE.
2. SEREZ LIBRE DE FAIRE CE QUE VOUS VOULEZ.
3. QUAND VOUS VOULEZ.
4. AVEC QUI VOUS VOULEZ.

5. ET DE NE JAMAIS PLUS FAIRE CE QUE VOUS NE VOULEZ PAS FAIRE, QUAND VOUS NE VOULEZ PAS LE FAIRE, AVEC DES GENS AVEC QUI VOUS NE VOULEZ PAS LE FAIRE.
6. ET VOUS PRENEZ UNE POLICE D'ASSURANCE CONTRE LES RAVAGES DE L'INTELLIGENCE ARTIFICIELLE QUI DÉVASTERA BIENTÔT, ET DE MANIÈRE PROBABLEMENT ÉPOUVANTABLE ET CRUELLE, CEUX QUI NE L'ONT PAS VU VENIR ET N'ONT RIEN FAIT POUR S'EN PROTÉGER... INTELLIGEMMENT !

Vous n'avez pas le temps de lire ou de prendre des formations pour vous convaincre de ce que je viens de vous dire ?

Dois-je vous rappeler que...

L'Américain moyen passe plus de trois heures par jour sur les médias sociaux, et autant devant la télé : ça fait six heures par jour.

P.-S. Ne me demandez pas pourquoi, mais j'ai souvent plein d'idées quand je roule, dans ma modeste Audi A5 décapotable noire !

À telle enseigne que, parfois, même si je suis rendu à destination, je... continue commodément à rouler !

Pour ne pas interrompre ce flot magique dont je tire souvent des projets, ou des manières de les réaliser de façon plus originale, lucrative et rapide : tout ce que j'aime, quoi !

ÊTES-VOUS (HÉLAS) COMME HIRŌ ONODA ?

Sans doute ne connaissez-vous pas Hirō Onada. Alors laissez-moi vous le présenter ! Vous comprendrez sous peu pourquoi je vous fais découvrir ce parfait étranger. C'était, pour aller au plus simple, un soldat japonais en poste sur l'île de Lubang, dans les Philippines, au cours de la Seconde Guerre mondiale. Comme chacun sait, sauf peut-être quelques complotistes qui ont fait leurs « recherches » sur monsieur Net, oups ! je veux dire Internet, elle prit fin en 1945. Et le Japon capitula, Hiroshima ayant été nucléairement et horriblement bombardé, de même que Nagasaki.

Or, ce Hirō Onoda continua avec conviction la « guerre » jusqu'en 1974, avec trois autres soldats aussi « brillants » et « renseignés » que lui.

L'un d'entre eux, Akatsu, se rendit finalement aux forces philippines en 1950, et les deux autres furent tués dans des échanges de coups de feu avec les forces locales – Shimada le 7 mai 1954, Kozuka le 19 octobre 1972 – laissant Onoda seul dans la montagne durant deux ans.

Il rejetait comme une ruse toute tentative visant à le convaincre que la guerre était finie.

Pourquoi je vous raconte ça ?

Vous l'avez deviné, je crois.

Si vos parents très aimants, mais ignorants au demeurant, si vos amis, vos professeurs, votre ou vos partenaires de vie, soyons modernes ! vous ont dit que la guerre de votre servitude financière n'était pas finie, qu'elle durerait toute votre vie, car... c'est la vie ! vous continuerez d'y croire, et de vous battre.

Alors que vous auriez pu comprendre que la guerre était finie depuis longtemps, ou pourrait finir très rapidement. Il vous suffit de mettre la main à la pâte, de croire à votre génie intérieur, à votre intelligence financière.

Le deuxième conseil que donne *L'Homme le plus riche de Babylone* pour soigner sa bourse est utile, surtout lorsqu'on débute. Il conseille de contrôler ses dépenses, donc d'être frugal.

Si utile, je crois, qu'il vaut la peine d'y consacrer un chapitre entier.

40

Soyez frugal !

Dans *Le Millionnaire paresseux*, Marc Fisher raconte une anecdote amusante qu'il me résume ainsi :

«À une époque, je prenais invariablement mon petit-déjeuner au restaurant, pour avoir le sentiment, même illusoire, vu que je travaillais à la maison, de "rentrer à la *shop*", variation familière d'échoppe, comme chacun sait. Mon uniforme de romancier n'a rien de *glamour*, vous vous en doutez, et, de surcroît, il m'arrive de porter les mêmes vêtements pendant toute la durée de la composition d'un livre (j'ai dit *vêtements* pas *sous-vêtements*, rassurez-vous !) par cette superstition curieuse et sans doute absurde, qu'ils sont imprégnés de l'énergie du livre que j'écris – ou tente d'écrire : un jean et un t-shirt. En plus, pas de décision "capitale" à prendre pour le choix de mes vêtements du jour : je ne pense qu'à mon livre ! C'est peut-être la véritable raison pour laquelle j'écris à toute vitesse : la folle envie de changer enfin... de vêtements !

« Or, un matin, j'avais une entrevue à la télé. J'enfile mon plus beau costume (que j'ai acheté au quart du prix chez Saks OFF 5th Avenue, à Sawgrass Mills) et la cravate italienne en soie que j'ai obtenue gratuitement avec la "prise en passant", sans quoi je n'achetais pas malgré l'aubaine incroyable. (Il faut toujours tout négocier... sauf, bien évidemment, le prix des livres que je vends dans mes conférences ou ateliers ! LOL)

« Ma fille Julia, qui avait six ans à l'époque, me gratifie du plus doux des compliments : " Oh, ce que tu es beau, papa ! "

« Au restaurant, la serveuse, qui ne savait pas que j'étais romancier, s'étonne, ravie de mon changement d'habit, donc selon elle de statut :

— Vous avez trouvé un emploi ? »

« Après la fraction de seconde qu'il m'a fallu pour comprendre ce qui se cachait derrière sa question – et comme je n'aime pas parler le matin (les mots que je dis, je ne les écris pas, et comme je vis de ma plume...), j'ai dit :

— Euh... oui ! »

« Le lendemain, lorsqu'elle m'a vu attifé de mon habituel uniforme de romancier, elle a fait, sincèrement désolée :

— Ça n'a pas marché ? »

« Succinctement, et pour les mêmes raisons, j'ai admis :

— Euh... non ! »

« On dit : "L'habit ne fait pas le moine. "

« Et pourtant, pour la serveuse qui ignorait mon état, l'habit faisait le moine : il me faisait passer de chômeur à travailleur, à chômeur, en à peine 24 heures ! »

Hélas, l'habit fait le moine pour la plupart des gens, surtout dans la course de rats.

Presque tout le monde veut avoir l'air riche ou « *successful* » ou faire partie des « *beautiful people* ».

Et, par conséquent, presque tout le monde succombe aux symboles de statut social et, pour leur acquisition et le maintien de leur statut ou standing, dépense de l'argent qu'il pourrait investir dans l'acquisition d'actifs féconds.

La plupart des gens ne sont pas frugaux : presque tous les émules du pompier riche le sont.

C'est du reste les résultats de l'enquête qui a conduit au best-seller *The Millionaire Next Door*, de Thomas J. Stanley et William D. Danko : 90 % des millionnaires américains ne... s'habillent pas comme des millionnaires, ne... conduisent pas des autos de millionnaires, ne... vivent pas dans des maisons de millionnaires !

Ils ne conduisent pas de Bentley à 350 000 $ ni même de Porsche à 120 000 $, ne portent pas des vêtements griffés ou des Rolex de 10 000 $. En plus, ils vivent souvent dans des maisons « modestes » et en tout cas bien plus modestes que celles de gens qui ne sont pas vraiment riches et veulent faire semblant qu'ils le sont, travers commun. Ils n'achètent pas des espadrilles Nike de 300 $ à leurs enfants, préférant consacrer cet argent à leur éducation.

La plupart des millionnaires – et des émules du pompier riche – font preuve de frugalité, du moins à leurs débuts et parfois bien longtemps après avoir atteint leur indépendance financière.

Ils ont compris depuis longtemps que la recherche du standing est une course qui ne finit jamais – et que l'on perd la plupart du temps.

Ils savent sans l'avoir jamais lu la sagesse du grand auteur Jean-Jacques Rousseau qui a dit : « L'argent qu'on possède est l'instrument de la liberté, celui qu'on pourchasse est celui de la servitude. »

Dans *Le Millionnaire paresseux* (je l'ai bel et bien lu, vous le comprenez !), Marc Fisher parle de chaque dollar qu'on possède comme… d'une unité de liberté.

Oui, une UNITÉ DE LIBERTÉ.

Une unité de liberté que vous pouvez multiplier par 10, par 100, et même par 1000 en l'utilisant pour acquérir des actifs féconds, les meilleurs, les plus fructueux étant bien entendu ceux qu'on acquiert grâce à l'effet de levier déjà expliqué.

N'importe quel idiot peut, cédant à la publicité, aux modes et au désir de prestige, donc de statut social, dépenser (souvent à crédit, ce qui est encore plus catastrophique) ses unités de liberté.

Et c'est, hélas, ce que la plupart des gens font.

Par manque d'intelligence financière.

Ou de discipline.

Ou de frugalité.

Ou les trois à la fois, trio fatal.

Jeff Bezos, fondateur d'Amazon et un des hommes les plus riches au monde, donne aux aspirants millionnaires – oups ! je veux dire milliardaire (il vaut environ 175 milliards selon les soubresauts ou caprices de la Bourse) les conseils suivants :

1. *Payez-vous en premier !*

   Chaque semaine, vous recevez votre salaire. L'impôt s'est payé avant vous. (Bill Murray a eu un mot drôle à ce sujet : « La meilleure façon d'enseigner l'impôt à vos enfants est de manger 50 % de leur crème glacée. ») Vous payez aussi à chaque mois, votre loyer ou votre hypothèque, votre compte d'électricité, votre paiement d'auto. Se payer en premier est un exercice qui demande une certaine discipline et qui consiste à mettre de côté, donc à épargner 10 % ou 15 % de son salaire. À première vue, on croit que c'est impossible. Et pourtant, la plupart des futurs millionnaires y sont arrivés. Ils ont compris que, par une sorte de loi machiavélique et ruineuse de l'esprit humain, LES DÉPENSES S'AJUSTENT TOUJOURS EN FONCTION DES REVENUS. Donc, autrement dit, on dépense presque toujours ce qu'on gagne, même si on gagne plus : et on n'investit pas plus.

En fait – et c'est encore plus triste et dramatique –, la plupart des gens, vu le piège des cartes de crédit, dépensent 105 % et même 120 % de ce qu'ils gagnent. Du moins pour un temps.

2. *Mettez votre argent au travail !*
3. *Investissez dans des choses auxquelles vous croyez !*
4. *Trouvez un mentor !*
5. *Arrêtez de trouver des excuses !*
6. *Cessez d'acheter des passifs !*

   Les passifs les plus ruineux, les moins lucratifs, surtout à vos débuts, sont les symboles de statut.

   Ils existent et dupent et laissent la plupart des gens dans leur pauvreté, depuis la nuit des temps.

Pour s'en convaincre, remontons justement un peu dans le temps si… vous en avez le temps !

Les pharaons égyptiens portaient des sceptres, des colliers en or et une grande coiffe appelée némès.

Louis XIV, véritable *drag queen*, oups ! je veux dire *drag king* avant la lettre, portait une perruque, un chapeau avec des plumes, un collant bien ajusté et des bottines blanches à talons hauts et semelles rouges.

Le pape porte des mules fabriquées par le cordonnier Adriano Stefanelli (en passant, il fait aussi des souliers pour les plus grands et les plus riches de ce monde !) qui s'enlèvent pour environ 500 euros, donc, approximativement le salaire hebdomadaire après impôt de bien des travailleurs.

Il a fait vœu de pauvreté, on s'en souviendra !

Et il porte une mitre dorée et blanche, fort dispendieuse, pour montrer qu'il est plus important que tous les catholiques qui n'ont pas fait vœu de pauvreté, eux, et qui pourtant sont pauvres.

Je suis irréligieux, je sais.

J'ai trop écouté Marc Fisher.

Qui a trop lu Voltaire.

Mais ce qu'il faut retenir de ces exemples, je crois, est que, dans la course de rats, il y a toujours plus riche que soi.

On est toujours le pauvre de quelqu'un.

Vous, vous croyez-vous riche même si vous ne l'êtes pas – du moins selon les statistiques ?

Pour vous convaincre (mais de manière utile et… enrichissante) que vous êtes probablement « pauvre », écoutez ces deux histoires amusantes !

L'animateur de *The Late Show*, Stephen Colbert, a mis au point un questionnaire qui est un avatar simplifié et moins littéraire de celui, fameux, de Marcel Proust.

Un soir, il reçoit Britney Spears, la célèbre chanteuse pop et lui... « poppe » ou pose la question : « Aile ou fenêtre, en avion ?

— Lit ! », répond-elle.

Et tout le monde éclate de rire parce que tout le monde a compris qu'elle voyage en avion privé. Et qu'elle y a son... lit !

Elle est plus riche que la plupart de ceux qui veulent passer pour riches, même s'ils ne le sont pas vraiment et voyagent pourtant en classe affaires ou en première. Même si l'avion arrive à la même heure : les sièges sont plus vastes et la nourriture moins exécrable, je sais.

Mais comme disait Diderot : « Pourrir sous du marbre ou pourrir sous de la terre, c'est toujours pourrir. »

Autre anecdote *flyée*, je veux dire d'avion, c'est selon : les très jeunes enfants de Steven Spielberg prennent place dans un avion, et s'exclament, étonnés et un peu inquiets :

« Papa, il y a beaucoup des gens qu'on ne connaît pas dans l'avion ! »

Exceptionnellement, Steven Spielberg avait dû prendre un avion commercial plutôt que son jet privé, « imposant » à ses enfants cette nouvelle expérience un peu déstabilisante.

Il épargna cependant à sa ravissante femme, Kate Capshaw, les affres d'un doute similaire, automobile celui-là. Elle souhaitait une Porsche, mais hésitait entre quatre couleurs. Comme le temps, c'est de l'argent et que : *happy wife, happy life* semble une formule gagnante, qu'on soit riche ou pauvre, Steven Spielberg a acheté à sa femme... les quatre Porsche de couleur différente !

On peut penser que cet achat a été une grande cause de bonheur. Pour l'homme et la femme impliqués dans ce scénario.

Je crois que non.

Et qu'il n'a duré que quelques semaines, quelques jours, quelques heures.

On ne peut conduire qu'une voiture à la fois.

En plus, si vous êtes une femme et que vous venez de recevoir en cadeau quatre Porsche, vos amies qui n'en ont pas ou qui n'en ont qu'une risquent de vous jalouser, de dire que votre mari a tenté d'acheter votre amour ou que, au fond, vous n'êtes qu'une *gold digger*.

On a toujours des problèmes d'argent – même quand on est riche !

Croire le contraire est une illusion de gens qui... n'ont jamais été riches.

Riche ou pas, si on a mal à l'estomac ou que notre enfant se drogue ou est mauvais à l'école ou veut se marier avec un raté, on se fout de conduire une ou deux ou quatre Porsche.

La leçon de ces anecdotes est que si on veut devenir un pompier riche, on doit se méfier comme de la peste des illusions des symboles de statut.

Celui qui est intelligent financièrement possède aussi une qualité très précieuse dont on parle peu dans les livres de motivation ou de pensée positive...

Vous voulez avoir ce nouvel outil dans votre coffre à ... outils pour devenir encore plus rapidement indépendant financièrement ?

UN CHIEN AVEC UN COLLIER DE DIAMANTS

Achetez un collier serti de diamants à un chien – même si comme le mien il s'appelle Cash-Flow ! passez-le-lui au cou, et demandez-lui s'il est plus heureux ! Il ne pourra pas vous répondre, bien entendu. Mais vous savez tous qu'il n'est pas plus heureux avec ce collier : il aime juste manger, se faire caresser et promener par son maître et faire pipi sur tous les poteaux qu'il rencontre... avec ou sans collier de diamants !

L'émule de tout pompier riche est comme ce chien.

Qui se moque de porter ou non un collier de diamants.

Intelligent financièrement, il ne veut pas impressionner personne : il veut juste être... indépendant financièrement !

Il ne veut pas faire semblant de l'être.

Avec ou sans collier de diamants.

41

Soyez rusé !

Ulysse, le héros de *L'Odyssée* d'Homère, était réputé pour sa *mètis*, mot grec qui veut dire : intelligence rusée.

Pour que votre intelligence financière soit complète et efficace, elle doit aussi être… rusée !

Pourquoi ?

Parce que, dans la jungle des affaires, l'angélisme est un défaut mortel.

Ce n'est pas vrai que… « tout le monde il est beau, tout le monde il est gentil ».

Ce serait plutôt le contraire.

La cupidité, le désir de faire de l'argent – et la peur tout aussi grande d'en perdre – font que la course de rats est aussi bien souvent, hélas… une baignade avec des requins !

Si vous n'êtes pas sur vos gardes, si vous ne protégez pas vos arrières – et aussi vos flancs et vos devants ! – vous vous ferez dévorer !

En affaires, tous les coups sont permis – même les coups bas !

Vous pouvez jouer selon les règles, être honnête, juste.

Mais ceux qui ne jouent pas selon les règles, qui sont malhonnêtes et injustes, se moquent de vos beaux sentiments – et rient de votre naïveté.

J'ai compris cette vérité par un de ces merveilleux hasards de la vie.

Mon coauteur et moi avions convenu de nous rencontrer, comme la première fois, au club de golf Laval-sur-le-Lac, pour faire une ultime révision de notre manuscrit.

Arrive sur la terrasse un homme droit comme un chêne qui marche d'un pas décidé et rapide. Octogénaire encore vert, il vient de jouer 18 trous à pied, malgré une température de 32 degrés et une humidité accablante.

Bernard Casavant, pour ne pas le nommer, est un vieil ami de la famille de mon coauteur, et surtout de son père, Charles-Albert Poissant, bras droit de Pierre Péladeau, fondateur de Québecor.

C'est un homme dont l'enfance ressemble un peu à la mienne.

Ses parents ne se sont pas séparés quand il avait moins de 2 ans, comme moi. Mais sa mère est morte à 27 ans quand il n'avait que… 4 mois !

Comme le mien, son père a connu des difficultés financières, et pourtant il est toujours resté son héros, comme le mien.

Comme il semble m'avoir pris en amitié, il me dit, un peu comme la voyante Denise m'aurait dit :

« Les 15 prochaines années de ta vie vont être vraiment importantes pour toi. Pour les réussir, et devenir ce que tu veux devenir, écoute ce que je vais te dire ! »

Il y va de 7 conseils infiniment précieux, que je résume ainsi :

1. Sois rusé !

Être rusé peut sembler un défaut.

Pourtant on dit – et c'est un compliment, pas un reproche : être rusé comme un renard.

Je vérifie auprès de Bernard :

« Rusé ? Pourquoi ?

— Je vais te raconter une histoire vraie, tu vas comprendre. »

Moi, j'ai toujours aimé les histoires. Surtout lorsqu'elles sont vraies. Aussi j'écoute attentivement.

Alors que la laiterie Casavant a été mise sous tutelle, et que c'est Bernard Casavant, encore jeune, qui en a repris les rênes, un de ses gros clients l'appelle et lui dit qu'il a un problème avec un de ses produits : « Sa crème ne mousse pas ! »

Bernard est étonné : sa crème (de 35 %) est une des meilleures sur le marché.

Pour lui prouver qu'il a raison, le gérant de l'établissement donne en sa présence un gobelet de sa crème 35 % à son cuisinier qui va l'expérimenter en cuisine et revient avec le même verdict : la crème ne lève pas, malgré ses vaillants efforts !

Intrigué, Bernard demande une deuxième chance. Peut-être, exceptionnellement, sa crème 35 % ne vient pas d'une bonne *batch*. Beau joueur, le gérant accepte.

Bernard Casavant n'est pas seulement intrigué, il est surtout... sceptique !

Il ne veut pas se faire rouler dans la farine – ou dans la crème 35 % ! Et puis, Bernard Casavant a horreur de perdre un client. Il est si difficile d'en gagner, alors lorsqu'il en a un, il ne veut pas le perdre !

Rusé comme Ulysse – ou comme le renard ! – il imagine aussitôt une astuce.

Il va en épicerie et achète deux berlingots de crème 35 % d'un concurrent.

Il en verse commodément le contenu dans des berlingots Casavant et prend bien soin de conserver la facture qui donne les détails de son achat.

Il se présente chez le client, lui demande de faire un deuxième essai. Le cuisinier véreux revient de la cuisine en haussant des épaules désolées : la crème ne mousse toujours pas !

C'est la preuve de sa malhonnêteté.

Bernard exhibe la facture.

Le gérant en prend connaissance.

Il comprend aussitôt la fourberie de son cuisinier à qui il demande de rendre immédiatement son tablier.

Bernard Casavant est content : il a conservé un client.

Parce qu'il est doté d'une intelligence rusée, comme celle d'Ulysse. Comme celle d'un renard. Voici son deuxième conseil :

2. Les affaires, c'est comme une partie d'échecs.

Bernard Casavant, qui a consenti à s'asseoir à notre table, et déguste un verre bien mérité de blanc, me dit : « Tu dois prévoir plusieurs coups à l'avance. Moi, quand je rencontre quelqu'un qui me propose une affaire ou le règlement d'un litige, j'ai toujours au moins quatre scénarios de prévus. Comme ça, je suis rarement pris au dépourvu, je sais toujours quoi répondre. Les affaires, c'est comme une partie d'échecs. Si tu ne prévois pas d'avance, tu vas presque toujours perdre la partie. »

3. Ose demander !

Bernard Casavant me prodigue un autre conseil d'affaires vraiment important. Surtout lorsqu'on débute et qu'on est timide... parce qu'on débute : « Un samedi matin, en 1987, peu après le terrible incendie qui avait ravagé la laiterie familiale, j'ai dit à Monique, ma femme : "Je vais appeler Pierre Péladeau !"

Pierre Péladeau, pour ceux qui ne le savent pas, est le fondateur de l'empire Québecor, et entre autres, du *Journal de Montréal* et du *Journal de Québec* que vous lisez peut-être tous les matins.

« Ma femme me rabroue : " Mais tu ne le connais même pas ! Et en plus c'est samedi ! Mais... on sait jamais. Tente ta chance, si tu y crois. "

Je tente ma chance.

Car j'y crois.

Je prends le téléphone, compose le numéro de P. P.

Pierre Péladeau me répond, et j'ose lui demander de le rencontrer.

À mon étonnement ravi, il me questionne :

« Es-tu disponible, là ? »

Bien sûr que je l'étais !

Une demi-heure plus tard, je suis chez lui, à sa résidence de Sainte-Adèle, chemin Sainte-Marguerite, devenu après sa mort prématurée chemin Pierre-Péladeau.

En me voyant, il s'exclame :

« Tu es donc bien jeune, Casavant ! »

J'avais 44 ans, il en avait 62.

Le téléphone sonne.

Il répond.

On lui propose, un samedi matin – les affaires ne s'arrêtent donc pas le samedi ! – d'acheter une station de radio de Saint-Jérôme.

Il couvre le récepteur de sa main, me demande :

« Es-tu intéressé à acheter avec moi une station radio à Saint-Jérôme ? »

Il me testait, je crois.

Un peu fou, et très certainement audacieux, j'ai dit :

« Si vous achetez, je vous suis et j'achète avec vous. »

Je crois que j'ai donné la bonne réponse, car il a laissé tomber son fameux *cliss* et a avoué :

« Je t'aime bien, Casavant. »

Il l'a prouvé.

Il m'a aussitôt pris sous son aile.

Il m'a fait rencontrer Jean Coutu, le fondateur milliardaire de la chaîne de pharmacies qui portent son nom.

Je suis peu après devenu un des fournisseurs attitrés de lait et de « crème qui fouette » de toute sa chaîne, et il m'a proposé le plus gros contrat de ma jeune entreprise. Ça me permettait aussi d'étendre mon réseau de distribution hors de Saint-Jérôme.

Pierre Péladeau m'a aussi présenté à plusieurs gens d'affaires fort importants et influents. De plus, chose exceptionnelle dans son cas, il a accepté de siéger sur mon conseil d'administration.

Qu'avais-je fait pour obtenir ce contrat fabuleux, toutes ces rencontres, et d'avoir sur mon conseil un homme d'affaires si influent ?

J'avais osé demander un samedi matin à Pierre Péladeau de le rencontrer !

Vous, un samedi matin, avez-vous osé demander, à un homme d'affaires célèbre de le rencontrer ?

Si vous ne l'avez pas encore fait, qu'attendez-vous pour le faire ?

4. Ménage ta monture !

J'ai fait l'aveu d'une grande erreur : ne pas avoir commencé plus jeune mon éducation financière. Bernard Casavant me fait un aveu encore plus grand – et émouvant. La passion dirigeait sa vie, il est vrai. Mais parfois elle est une maîtresse cruelle : « À un moment, malgré ma passion, mes 100 heures de travail par semaine ont fait que j'ai vécu un épuisement que je cachais, car je ne voulais montrer aucun signe de faiblesse. Je me suis résigné à consulter mon médecin, qui a lâché la bombe : je faisais un burn-out ! Il était temps que je m'arrête. Avant de tomber. Ne fais pas comme moi : ménage ta monture ! »

5. Sois passionné !

Sois passionné ! Si tu n'es pas passionné par ce que tu fais, tu ne réussiras pas. Ou si tu réussis, tu ne seras pas heureux.

6. *Persévère !*

« Beaucoup de gens auraient réussi... s'ils avaient persévéré, s'ils avaient été patients. Dans mon livre à moi, pour réussir, il y a les trois P : Passion, patience et persévérance. C'est comme pour le café : ça prend trois choses : de l'eau, des grains moulus de café, et une cafetière pour les mélanger. En fait, pour être plus précis, en tout cas si tu veux un bon café, ça prend une quatrième chose : la crème à café Casavant ! »

À la table, mon coauteur et moi, on éclate de rire.

Bernard Casavant poursuit : « Parfois il aurait suffi de persévérer un an, ou même six mois, mais la plupart des gens n'ont pas la patience de le faire. Ils ne persévèrent pas. Quand Pierre Péladeau a démarré le *Journal de Montréal*, comme suite d'une grève de *La Presse*, il a tout de suite fait de l'argent. Mais quand *La Presse* a mis fin à sa grève, le *Journal* a perdu de l'argent pendant... six ans ! Tout le monde lui disait de mettre fin à cette entreprise ruineuse, mais lui était visionnaire. S'il n'avait pas cru en lui, dans le journal qu'il avait fondé, s'il n'avait pas persévéré, s'il n'avait pas été patient, Québecor ne serait probablement pas devenu l'empire qu'il est devenu, car le *Journal* en a été la base financière. Donc persévère ! Sois patient ! Rome ne s'est pas bâtie en un jour. Chaque jour, tu apprendras des choses nouvelles au sujet de ton business, tu découvriras de nouvelles idées, de nouvelles astuces, de nouvelles opportunités : tu deviendras expert dans ton domaine. C'est un peu comme un boxeur. Quand il débute, sur 30 coups de poing qu'il donne, il n'y en a que 4 ou 5 qui touchent la cible. Avec l'expérience, s'il en donne 6, il y en a 6 qui sont "payants". Aussi quand tu es passionné, quand tu aimes ce que tu fais, persévérer est facile. Ton métier est ton jouet préféré. Qui ne veut pas continuer de jouer, de s'amuser le plus longtemps possible ? »

Bernard Casavant avait raison, et je prenais des notes mentales. Je remerciais la Vie d'avoir mis sur mon chemin pareil mentor. Il y alla d'un dernier conseil, qu'il mettait depuis des années en application dans sa vie.

7. Redonne à ta communauté et transmets ton savoir !

Bernard Casavant est un grand philanthrope. La liste de ses dons serait trop longue à énumérer et semblerait de la vantardise. Il aime faire des affaires et aider : pas *flasher*, pas se vanter. Mais mon coauteur Marc Fisher m'a dit toutes les causes et les organismes qu'il aidait avec son argent et son influence. Il veut aussi transmettre son savoir. C'est ce que modestement j'essaie de faire avec mon coauteur. Bernard Casavant voit encore plus grand sur ce point. Il est à mettre sur pied une fondation pour jeunes entrepreneurs, une sorte d'académie de la réussite.

J'avais le sentiment que cette rencontre inattendue était décisive dans ma vie. Comme celle que j'ai faite quelques jours plus tard avec ma voyante : j'arrivais à la rose des vents de ma vie.

42

Mon père pauvre m'avait rendu riche : la voyante me l'a fait comprendre

La voyante Denise, qui, on s'en souviendra, avait survécu par la puissance de son esprit à deux cancers diagnostiqués terminaux – et à la fausse mort de son fils héroïnomane échappé de justesse d'un sac de plastique noir dans un frigidaire d'hôpital ! – m'a accueilli dans son modeste appartement de Saint-Jérôme.

Sans perdre une seconde, elle m'a dit, avant même que je lui confesse la raison de ma visite :

« Je viens de donner un *reading* à Marc Fisher. Il m'a raconté le rêve qu'il a fait la nuit dernière.

— Vraiment ?

— Oui. Dans son rêve, tu es allé voir le propriétaire de l'ancienne maison de ton père, celle avec la piscine creusée qu'il a perdue quand ses affaires ont mal tourné.

— Pourquoi ?

— Pour la racheter – et la donner à ton père. »

Alors j'ai compris une leçon de vie.

Même si mon père n'avait jamais lu *Père riche, Père pauvre*, il avait été mon père riche.

Oui, mon père riche !

Sans lui, je ne serais probablement jamais devenu un pompier riche qui gagne 500 $, 1000 $ ou 5000 $ par semaine, en plus de son salaire.

Je me suis mis à pleurer.

Ensuite, comme pour me distraire de mon chagrin, la voyante aux yeux bleus et clairs, qui voyaient clair dans ma vie comme dans un livre ouvert, est allée vers une vieille armoire et elle en a tiré le mystérieux document que voici :

En le voyant, même si je ne comprenais rien de ce qu'il pouvait signifier, j'ai éprouvé un sentiment étrange.

J'ai dit :

« C'est quoi ? »

Elle a répondu : « C'est le début de *L'Évangile selon saint Jean.* »

Elle n'a pas pu m'en dire plus : elle avait une autre cliente qui arrivait.

J'ai retrouvé *L'Évangile selon saint Jean* et son début qui disait, comme sur le vieux parchemin latin :

« Au commencement était le Verbe, et le Verbe était auprès de Dieu, et le Verbe était Dieu. »

Je n'ai pas pu lire davantage, car des larmes me montaient aux yeux.

Car j'ai oublié de vous dire que, entre les pages de la Bible, il y avait une rose séchée, et un mot que mon père avait écrit à ma mère, sur un papier jauni par le temps.

Il lui écrivait : « Je t'aime : on se marie quand ? »

Je me suis rappelé que leur mariage n'avait pas duré, que ma mère avait eu le cœur brisé.

Je n'en ai pas fait le reproche à mon père : j'ai pensé que simplement la vie parfois est... « poche ».

Mais comme conséquence de mon enfance, je suis devenu un pompier riche.

Ça ne me protège pas contre le malheur.

Mais, au moins, je sais que si un jour je suis malheureux, ce ne sera pas parce que j'aurai manqué d'argent.

Je n'aurai juste pas été assez intelligent financièrement pour être heureux en gagnant 500 $, 1000 $ ou 5000 $ par semaine, en plus de mon salaire !

FIN

Pour contacter Maxime Bédard,
courtier et investisseur immobilier :

info@lepompierriche.com

Pour des formations immobilières
ainsi qu'un coaching personnalisé :

www.lepompierriche.com

Pour rejoindre Marc Fisher,
romancier et conférencier :

@fisher_globe@hotmail.com

Ou visitez son site :

www.marcfisher.biz

MARQUIS

Québec, Canada

Imprimé sur Rolland Enviro®.
Ce papier contient 100% de fibres recyclées durables,
est fabriqué avec un procédé sans chlore
et à partir d'énergie biogaz.

100%

PCF

BIOGAZ ÉNERGIE

PERMANENT